KB109433

필수는
곤란해

필수는 곤란해

한국 사람이 좋아서
한국 영화가 끌려서

피어스 콘란

김민영 옮김

마음산책

옮긴이 김민영

고려대학교에서 언어학, 하버드대학교에서 도시계획을 전공했다.
『퍼펙트 포트폴리오』『에픽 콘텐츠 마케팅』『붐버스톨로지』(공역)를 번역했다.

필수는 곤란해

한국 사람이 좋아서
한국 영화가 끌려서

1판 1쇄 인쇄 2023년 12월 1일
1판 1쇄 발행 2023년 12월 5일

지은이 | 피어스 콘란
옮긴이 | 김민영
펴낸이 | 정은숙
펴낸곳 | 마음산책

편집 | 성혜현·박선우·김수경·나한비·이동근
디자인 | 최정윤·오세라·한우리
마케팅 | 권혁준·권지원·김은비
경영지원 | 박지혜

등록 | 2000년 7월 28일(제2000-000237호)
주소 | (우 04043) 서울시 마포구 잔다리로3안길 20
전화 | 대표 362-1452 편집 362-1451 팩스 | 362-1455
홈페이지 | www.maumsan.com
블로그 | blog.naver.com/maumsanchaek
트위터 | twitter.com/maumsanchaek
페이스북 | facebook.com/maumsan
인스타그램 | instagram.com/maumsanchaek
전자우편 | maum@maumsan.com

ISBN 978-89-6090-853-6 03840

* 책값은 뒤표지에 있습니다.

여기에서는 모든 것이 명확하다.
의심스러운 눈초리, 질문들이 없고,
나 또한 숨을 필요가 없다.
나는 명백히 다른 곳에서 온 사람이다.

◇ 일러두기

1. 영화 제목은 한국영화데이터베이스(KMDB)에 등록된 제목을 따랐고, 등록되지 않은 영화의 경우 우리말로 옮긴 뒤 원제를 병기했다.
2. 외국 인명·지명 등은 외래어표기법을 따르되, 관용적인 표기와 동떨어진 경우 절충하려 실용적 표기를 따랐다.
3. 영화명·매체명은 〈 〉, 책 제목은 『 』로 묶었다.
4. 본문에 수록된 사진은 모두 저자가 직접 촬영한 것이다.

한국 영화광의 행운 가득한 여정

"내가 빠져나왔다고 생각하자마자, 그들은 날 다시 끌어들였지!"

─ 마이클 코를레오네

지난주, 친구들과 대만 여행을 다녀왔다. 그곳에서 우리는 여러 번 상을 받은 위스키인 카발란 위스키 양조장에 갔다. 투어 중간중간 시음을 해본 뒤 나는 아래층 매장에서 제일 좋은 위스키 한 병을 과감하게 사기로 했다.

고양에 와서야 내가 산 게 무엇인지 정확히 알게 되었다. 지금 내 책장에 있는 '카발란 솔리스트 올로로소 셰리 캐스크'는 박찬욱 감독의 〈헤어질 결심〉에서 탕웨이가 마시던 그 술이다. 위스키를 수집품들과 함께 진열하기 전까지는 전혀 생각도 못 했다.

소 뒷걸음치다 쥐 잡은 격인데, 그만큼 20년 동안 계속되고 있는 나의 한국 영화 사랑도 운이 많이 작용했다.

내가 처음 산 한국 영화 DVD는 실수로 산 것이다. 일본 영화인 줄 알았다. 또 나는 어디에서도 일을 찾기 힘들 때 한국으로 왔다. 한국 영화에 관련된 첫 번째 일은 전임자가 며칠 동안 출근하지 않아서 얻은 것이었다. 내가 그 일을 할 자격요건을 갖추고 있었을까? 아니었던 것 같다. 그때 시간이 많았나? 물론이다. 그런 식으로 계속, 어딘가에서 기회가 생겨서 나는 점점 한국 영화에 깊이 끌려 들어갔다.

내가 한국 영화를 정말 좋아해서 다행이다. 사실 정말 좋아한다는 말로는 부족하다. 그러지 않았으면 〈대부 3〉의 마이클 코를레오네처럼 생각했을 것이다. 마이클과 달리, 나는 그들이 나를 '끌어들여서' 행복하다.

이 책은 분명 한국 영화에 대한 책이지만, 비평, 생각, 개인적인 일화의 이상한 조합으로 이루어져 있다. 내 인생이 이미 한국 영화와 깊이 엮이게 되어서, 내 삶과 한국 영화는 떼어낼 수 없다. 영화는 세세한 기억들을 떠올리게 하고, 영화와 관련된 나의 인간관계도 적지 않기에, 내 이야기가 아주 객관적이진 않을지 모르겠다. 하지만 그렇다고 내 의견을 뭉뚱그릴 생각은 한 치도 없다.

한국 영화가 아닌 다른 영화에 대해서도 많이 이야기하는데, 각 장의 글과 짝을 이루는 영화를 보면 알 수 있다. 모두 내가 좋아하는 영화들로, 글의 내용과 늘 연결되는 것은 아니지만 제목에서 글에 대한 영감을 받았다(때때로 원제가 아닌, 영화의 영어 제목들도 참고용으로 같이 적었다). 박찬욱 감독도 〈올드보이〉 사운드트랙에서 비슷한 것을 한 기억이 난다(사운드트랙 곡들의 제목은 모두 고전영화의 이름을 땄다).

이 책의 제목은 박찬욱 감독이 제안해줬는데, 이 자리를 빌려 감사드린다. 나는 재밌는 말장난을 좋아하는데, 이 책 중 가장 좋은 부분을 내가 쓰지 않았다는 점이 조금 부끄럽기도 하다.

나의 한국 이름은 '필수'이고, 이 이름은 11년 전부터 쓰기 시작했다. 왜 이 이름인지 의아해할 사람들을 위해 설명하자면, 내 이름(피어스)과 발음이 비슷해서이기도 하지만, 누군가를 처음 만나면 명함을 주는 것이 '필수'여서 명함에 필수가 들어가면 재밌다고 생각했기 때문이기도 하다.

아내 경미와 나는 영화 이야기를 많이 한다. 우리는 좋아하는 영화는 비슷하지만 어떤 영화를 좋아하는 이유는 아주 다르다. 그 덕분에 대화가 재밌어지며, 왜 그렇게 다른지에 대해 대화가 깊이 빠져 들어가 끝이 없다. 어떤 이유로 좋은지 혹은 싫은지, 왜 그것에 강하게 반응하는지, 어떤 부분에 주목하고 어떤 부분은 못 보고 지나치는지에 대한 이야기들이다. 이렇게 대화를 하면서 우리는 단순히 영화 이야기를 하는 게 아니라 서로에 대해서도 더 알아간다.

나는 꽤 오랫동안 평론가로 일해왔고, 나와 내 비평을 분리하려고 노력하고 있다. 하지만 이 책에서는 내가 주인공이 되어 오롯이 내 이야기를 담았다. 마음산책이 이 책을 출판하기로 한 결정을 후회하지 않으면 좋겠다. 나에게 이 책을 출간할 기회를 주고 또 인내심을 갖고 기다려준 모든 분, 특히 편집 과정을 이끌어준 나한비 편집자에게 진심으로 감사드린다. 또한 내 폭풍 같은 생각들을 헤쳐나가는, 이 힘든 임무를 맡아준 김민영 번역가가 없었다면 이 책을 완성할 수 없었을 것이다.

그리고 책에는 내가 찍은 사진들도 있다. 나의 새로운 취미 때문에 해외여행을 함께 다니는 사람들은 꽤 골치 아플 것이다. 특히 오랫동안 나를 잘 견뎌준 아내가 제일 힘들었을 것이다. 내가 스스로의 한계에 도전하도록 북돋워주고, 그런 노력의 과정에서 괴로워할 때도 가만히 지켜봐준 아내에게 무한한 감사의 마음을 전한다.

2023년 12월

고양에서

피어스 콘란

차례

플라스틱과 종이로 덮인 벽, 내 꿈의 세계

영화감독과 프리랜서 기자가 한 지붕 아래 살게 되면, 정해진 것이 없다는 점만이 정해진다.

우리 부부의 생활 패턴은 계속 바뀐다. 어떤 날은 같이 일어나서 아침을 먹고, 바로 다음 날은 내가 새벽에 깨고 경미가 네 시간 후에 일어나 함께 밥을 먹는다(나에게는 두 번째 끼니일 수도 있다).

우리가 같이 살면서 해온 몇 안 되는 꾸준한 것은, 나란히 누워 자고 마주 보고 앉아서 밥을 먹는 것이다.

같이 아침을 먹다 대화가 뜸해질 때, 나는 대개 경미의 왼쪽 어깨 너머를 쳐다보고 있다. 그러면 경미는 눈을 치켜뜨고 나를 보며 묻는다. "무슨 생각해?"

나는 생각에 잠긴 눈빛 그대로 한숨을 쉬거나 고개를 저으며, 답을 주저한다. 무슨 생각을 했길래 질문에 화들짝 놀랐을까? "아, 우리 책들 정말 예쁘지 않아? 더 사야겠어." 경미의 왼쪽 어깨 너머에는 내 자랑이자 기쁨이 벽을 가득 메우고 있다.

고백하건대, 나는 구제 불능 중독자다. 가려운 곳을 긁을수록 더 가렵듯이, 나도 중독에서 얻는 쾌락 덕에 통장에 구멍이 난다.

나는 영화와 책을 수집한다.

물론 이북 리더기도 갖고 있고, 여러 가지 스트리밍서비스에 쓰는 돈도 체감상 몇억은 된다. 클릭 한 번으로 다 되는 콘텐츠 세계를 누리면서도, 좋아하는 책과 영화를 실물로 갖는 데 수입의 상당 부분을 탕진한다.

매일의 할 일과 마감에 치이다 보면, 택배가 도착할 때가 가장 즐겁다. '택배 도착' 알림 소리는 음악보다 아름다운데, 발걸음이 다가오거나 박스가 놓이며 복도에서 부스럭 소리가 들리는 현장을 잡을 때는 더욱 짜릿하다.

느긋하게 현관까지 걸어가서 문을 활짝 열면, 눈은 반

짝이고 아랫입술은 살짝 깨물게 된다. 대부분의 택배는 경미한테 온 것이라, 고양이가 터뜨리는 뽁뽁이처럼 내 기대도 터져버린다. 경미에게 오는 택배는 보통 먹을 것, 고양이 물건, 추석이나 설 선물 등 우리를 위한 것이다. 내 앞으로 오는 택배는 온전히 나만의 것이다.

책과 블루레이는 내게 독이기도 하다. 십대 때는 중고 책과 DVD를 모았고, 대학에 간 이후에는 잦은 이사에도 불구하고 유목민 생활에 어울리지 않게 짐이 늘어났다.

한국에서 살게 된 후에는 가랑비에 옷 젖듯이 책장이 차게 되었다. 하지만 본격적으로 수집가가 된 것은 결혼 을 한 뒤다. 경미와 나는 결혼 후 아파트로 이사했다. 공간 이 넓어진 것도 이유겠지만, 오래전 독립한 뒤로 처음으 로 내 집에 사는 느낌이 든 것이 더 크게 작용한 것 같다.

처음 이사할 때 집을 조금 꾸미긴 했지만, 책과 영화가 늘어나면서 그 자체가 인테리어가 되었다. 어느 날은 이 케아에서 책장 다섯 개를 사 왔다. 그날은 밤늦게까지 망 치질을 하느라 이웃들이 불편했을 것이다. 그렇게 거실 한 벽 전체를 도서관으로 만들었다. 몇 년 후 서재의 벽 하나도 책장으로 채웠고, 이미 좁은 공간을 나무로 짠 수

납함처럼 바꾸었다.

수집가들의 수집품 목록은 제각각이지만, 그들의 특징은 비슷비슷하다. 주로 남자들이고, 까탈스럽거나 심하게는 강박적이며, 열심히 번 돈을 예쁜 플라스틱이나 종잇조각과 기꺼이 바꾸려 한다. '장에 꽂았을 때 보기 좋으면' 금상첨화다.

독립 출판사나 소규모 출판사(이곳의 직원들도 수집가인 경우가 많다)는 수집가들의 약점을 훤히 안다. 수집가들은 한정판, 반짝이는 상자, 예쁜 표지에 정신이 팔려 지갑을 열게 된다.

수집가가 되었을 때 가장 좋은 점과 가장 나쁜 점은 똑같다. 바로 수집에 끝이 없다는 것이다. 아무리 많이 보거나 읽어도 더 갖고 싶은 마음이 강해진다. 책이나 영화들은 늘기도 하고 줄기도 하지만, 사라지지는 않는다.

수집에 대한 강박의 정도는 다 달라도, 우리는 컬렉션이 불완전하다는 사실에 끊임없이 좌절한다. 더 괴로운 점은, 아직 못 보거나 못 읽은 것이 항상 남아 있다는 사실이다.

그래서 다행이기도 한 게, 수집가들은 언제나 새로운 수집품을 발견한다. 나는 어릴 때부터 영화잡지와 TV

편성표를 달고 살았고, 아침부터 밤까지 방송을 녹화하
느라 비디오테이프가 닳았다. 그러다 보니 수집벽이 생
겼다.

이제는 수집가도 점점 사라져간다. 이 현상은 자연스
러운 일이지만, 미래의 시네필들은 어쩌나 하는 걱정도
든다. 내가 블루레이로 갖고 있는 영화 2,500편 중 대부
분은 어떤 스트리밍서비스에도 없다.

블루레이를 사 모으다 보면 그중에는 원래 좋아하던
영화들도 있지만, 끊임없이 새로운 영화를 발견하기도
한다. 블루레이가 없었다면 〈공포의 25시〉〈타임 위드아
웃 피티Time Without Pity〉〈폭주기관차〉 같은 영화들은 못
만났을 것이다. 스트리밍만 남는다면 사람들은 이런 영
화를 어떻게 알 수 있을까?

〈와일러의 콜렉터The Collector〉, 윌리엄 와일러, 1965.

〈와일러의 콜렉터〉는 할리우드의 전설 윌리엄 와일러 감독의 후기 걸작으
로, 내가 블루레이를 통해 처음 알게 된 이 감독의 영화이기도 하다. 〈미니
버 부인〉〈우리 생애 최고의 해〉〈벤허〉로 잘 알려진 와일러 감독은 명료하

고 고전적인(그래서 어떤 때는 딱딱하고 건조하기도 하다) 스타일로 영화를 찍었다.

〈와일러의 콜렉터〉는 이런 스타일에 큰 변화를 준 영화로, 집착과 욕망에 관한 저예산 영화다. 젊은 시절의 테런스 스탬프(프레디 클레그 역)가 멋진 연기를 펼쳤다. 나비를 수집하는 은행 직원이 복권 당첨 후 젊은 여자를 납치하는 내용인데, 현재의 포스트 미투 시대에 이보다 더 화제가 될 이야기는 없다.

미스터리는 어디에 있는가?

경미가 가끔 "내 어떤 점이 좋아?"라고 물으면, 항상 고민한다. 좋아하는 이유는 수없이 많은데 이것을 어떻게 말로 표현할지 모르겠다. 특히 그 자리에서 바로 표현하기는 더 어렵다. 그래서 내가 즉흥연기 대신 글을 쓰나 보다.

경미가 불안해서 그런 질문을 하는 건 아니다. 호기심의 문제다. 사랑받는 느낌은 놀랍다. 너무 놀라워서 당황스러울 때도 있다. 우리는 상대가 '내 어디가 좋은 걸까?' '왜 좋은 걸까?' 궁금해한다. 상대도 마찬가지다. 당신이 로맨스 드라마에서 어떻게 배웠을지는 모르지만, 누군가를 사랑하게 되는 이유는 알 수 없다.

알 수 없는 이유로 남에게 끌리기에 사랑은 아름답다. 예술과 마찬가지다. 무엇이 우리를 감동시키는지 알 수 없지만, 마음 깊은 곳에는 그것을 이해하기 위한 욕망이 가득하다. 이런 이해에 대한 갈망은 실제 소유보다 더 강력하다. 그것이 무엇인지 알게 되면, 신비함은 사라지고 설렘과 흥분 또한 날아간다. 그러지 않으려면 다다를 수 없이 아득한 곳에 있는, 더 깊은 비밀을 발견하는 수밖에.

그래서 최고의 관계란 계속 서로가 서로에게 놀라움을 안겨주는 관계일 테다. 어떤 분야에서 최고인 사람들이 자기 분야를 완전히 통달했다고 느끼지 않는 것도 같은 이치다. 누군가 혹은 어떤 것에 대해 아무리 많이 안다 해도, 새로운 것을 계속 발견하려고 노력하면 신비함과 열정은 식지 않는다.

최고의 영화도 마찬가지다. 이런 영화들은 아무리 뜯어보고 분해하고 이야기해도 새로운 해석, 새로운 이론, 새로운 느낌을 준다. 나는 대학교 졸업논문으로 봉준호 감독의 〈살인의 추억〉에 대해 썼는데, 15년이 지난 지금

느끼기로는, 그 후로 다시 볼 때마다 떠오른 새로운 아이디어만 갖고도 완전히 새로운 논문을 쓸 수도 있다(다시 본 것만 스무 번 정도 될 것이다).

〈살인의 추억〉은 익숙한 것(연쇄살인범 스릴러)을 바탕으로 더 큰 사회적 문제에 대해 섬세하고, 간접적으로 이야기한다는 점에서 특별하다. 진짜 미스터리는 그 주제들이며, 그래서 우리는 그 비밀 상자를 들여다보려고 계속, 여러 번 열어보게 된다.

봉준호 감독은 미지의 것에 끌리는 힘을 잘 아는 것 같다. 〈기생충〉에서 가짜 미술 선생님인 박소담(김기정 역)은 부자 엄마 조여정(최연교 역)에게 아들의 마음이 "블랙박스"같다고 설명하면서 큰 미끼를 던진다. "그 검은 상자를, 저와 함께 열어보시겠어요, 어머니?"

보수적인 사회 분위기와 자유로운 생각 표현을 억압한 정부 덕분에, 한국의 영화감독들은 어떤 것에 대해 에둘러 말하는 방법을 오랜 시간에 걸쳐 터득하게 되었다. 그래서 중요한 영화들은 서브텍스트를 이어 붙여 작품으로 만든 경우가 많다.

내가 서브텍스트나 알레고리를 좋아하는 이유는, 잘

활용하면 공감 여부를 떠나 스토리에 힘을 실어주기 때문이다. 〈매트릭스〉가 훌륭한 예다. 〈매트릭스〉는 스타일리시한 SF 액션물인데, 새로운 콘셉트와 화면으로 인기를 끌었다. 그와 동시에 사회 통제와 정체성에 대한 알레고리를 이용해 스토리가 탄탄하다. 열두 살에 이 영화를 볼 때는 깊은 의미를 잘 몰랐지만 그때도 스토리에 뭔가 의미가 있다는 느낌은 받을 수 있었다.

한국 영화를 볼 때도 마찬가지였다. 한국 영화에 대한 내 '덕통사고'는 박찬욱 감독의 〈복수는 나의 것〉에서 비롯되었다(당시 나는 일본 영화에 관심을 가지기 시작했을 때였는데, 실수로 이 영화를 골랐다). 영화 속 잔인함에 충격이 심했지만 이미지들이 뇌리에 남았고, 몇 주 후 다시 보지 않을 수 없었다. 영화에서 펼쳐지는 한국의 트라우마에 대해서는 여전히 갈피를 못 잡았지만, 다시 보니 의도는 느껴졌다. 이렇게 마법처럼 한국 영화에 대한 열정이 시작되었다.

한국 음식을 먹을 때는 음식과 싸울 일이 많다. 새우나 게를 먹기 위해 씨름하거나 생선 가시를 발라내고, 식당에서 직접 음식을 조리해 먹는 등, 먹는 것도 일이다. 먹으려면 직접 노력해야 하고, 그래서 더 맛있기도 하다.

한국 사람들은 영화를 볼 때도 그런 것일까? 한국의 비평가들은 영화의 미학보다는 의미를 파헤치는 경향이 있고, 관객들은 알레고리가 있는 영화를 찾아간다. 1970년대 국정원 안가에서 벌어진 끔찍한 일들을 연상시키는 김지운 감독의 〈조용한 가족〉은 장르물 초기 히트작이었다. 봉준호 감독은 정부의 부정부패와 한국의 난처한 지정학적 상황을 배경으로 한 〈괴물〉로 흥행 신기록을 세웠다.

나는 음식과 씨름하는 것을 좋아하고, 내 음식은 영화다. 그래서 데이비드 린치 감독도 좋다. 처음 보고 분노에 휩싸였다가 다시 보고 반했던 영화로 〈친절한 금자씨〉 전에 〈멀홀랜드 드라이브〉가 있었다. 〈멀홀랜드 드라이브〉와 악몽 같은 이야기 〈로스트 하이웨이〉는 둘 다 언뜻 보면 불가사의하면서 화가 치밀지만, 자세히 살펴보면 나름의 논리에 완벽히 들어맞는다. 이 영화들은 기존의 서사를 산산이 부수어 퍼즐 조각 더미로 만든 후, 마음속 깊은 곳을 굽이굽이 탐험하는 멋진 영화로 재조직한다.

한국 영화에 빠져드는 것은 기쁨이었다. 장르에 관

계 없이, 이야기에 층이 정말 많았다. 나는 로맨스 영화를 보고 자라지 않았지만, 한국 로맨스는 좋아했다. 특히 연인이 시간, 장애나 병 등으로 인해 헤어지는 〈시월애〉 〈…ing (아이엔지)〉 〈내 머릿속의 지우개〉 같은 영화가 좋았다. 맞기도 하고 틀리기도 하지만, 당시 나는 이 영화들이 돌이킬 수 없는 한반도 분단의 은유라고 상상했다.

한국 영화산업은 부와 명성을 얻었고, 이제는 그 성공이 올가미가 되고 있다. 〈기생충〉이나 드라마 〈오징어 게임〉 같은 것을 보면 여전히 알레고리가 있다. 하지만 폭이 너무 좁아졌다. 한국은 너무 많이 발전했고, 이제 숨어서 말할 필요가 없다. (어느 정도는) 보복의 두려움 없이 정부를 비판할 수 있고, 금기시되는 주제나 한국 근대사의 어두운 시기(예를 들면 일제강점기)에 대해서도 자유롭게 이야기할 수 있다.

이창동 감독의 〈버닝〉은 이 점에서 이례적이다. 영화의 굉장한 비밀을 풀어내기 위해 오랫동안 깊이 생각하게 된다. 이 영화는 호평을 받았지만, 미스터리가 맥락에 깔려 있는 대신 영화 자체가 미스터리여서 일반 관객에게 팔리기엔 어려웠다.

사실 내가 경미를 사랑하는 이유 중 하나는 자신을 별로 의식하지 않기 때문이다. 그 점에서 그는 나와 정반대다. 경미는 우스워 보이는 것을 두려워하지도 않고 무언가에 맞서기를 두려워하지도 않는다. 내가 한국 영화를 좋아한 이유와 같다. 요즘 한국 영화는 나랑 조금 더 비슷해졌는데, 다시 경미와 같아져야 한다고 생각한다.

〈너의 죄악은 밀실, 오직 나만이 열쇠를 가지고 있다Il tuo vizio è una stanza chiusa e solo io ne ho la chiave〉, 세르지오 마르티노, 1972.

다리오 아르젠토나 루치오 풀치 감독 정도의 인지도는 없지만, 세르지오 마르티노는 잘로Giallo 장르의 인기 감독이다. 잘로 영화는 부패한 이탈리아를 배경으로 하는 1970년대 추리영화로, 매력적인 현악 사운드가 칼로 사람을 찔러 죽이는 암살 장면을 타고 흐른다.

잘로 영화는 내용을 짐작할 수 있을 정도로 제목이 길다는 특징으로 잘 알려져 있는데, 〈너의 죄악은 밀실, 오직 나만이 열쇠를 가지고 있다〉처럼 재밌게 꼬여 있는 제목은 없다.

잘로의 여왕 에드위그 페네치(플로리아나 역)와 아니타 스트린드베리(이리나 역)가 전형적인 이탈리아식 잔인한 악한에게 고통받는다. 이 영화는 에드거 앨런 포의 『검은 고양이』에서 이야기를 따왔는데, 이 소설은 나중에 아르젠토와 풀치의 잘로 영화들로도 각색되며 세 감독의 기이한 우연을 만들어냈다.

호러영화

: 한국의 젊고 배고픈 영화감독의 놀잇감

〈샤이닝〉을 처음 봤을 때를 잊지 못한다. 부모님은 주말 동안 집을 비웠고, 십대인 나는 알프스의 조용한 동네에서 혼자 지내야 했다. 스위스 시골에 밤이 깊어가고, 베란다 창밖은 칠흑 같은 어둠이 채우고 있었다. 주위는 모두 잠든 초원이었기 때문에 커튼도 따로 필요 없었다. 홀로 있는 가운데 무릎 위에서 고양이가 갸르릉거리는 소리가 적막을 깼다. 10시가 되어 TV에서는 주말 밤에 하는 영화를 보여주었고, 오버룩 호텔까지 굽이굽이 올라가는 획기적인 오프닝 신이 시작되었다.

그날 밤, 태어나서 처음으로 영화가 주는 공포 그 자체에 사로잡혔다.

이전에도 무서운 영화들을 본 적이 있지만 으스스함을 맛본 정도였고, 이때 느꼈던 기분은 대체로 긴장감에서 비롯된 것이었다. 희생자가 복도로 살금살금 걸어가고, 떨면서 모퉁이 너머를 살펴보다 쾅! 소리가 났을 때 모든 감각이 요동쳤다. 그때는 떠올리지 못했지만, 당시 부활하던 슬래셔 영화◆들이 이런 종류의 긴장감을 많이 활용했다. 그 당시에는 잘 이해하지 못했던 웨스 크레이븐 감독의 유명한 작품 〈스크림〉과 어린 나이에도 이미 그 저속함이 눈에 띄었던 짐 길레스피 감독의 〈나는 네가 지난 여름에 한 일을 알고 있다〉 등이 대표적인 예다.

어릴 때 호러영화들을 보면서 나는 내가 호러를 싫어한다는 것을 알게 되었다. 공포를 주는 방법이 뻔하고 저질인데 이것을 우려먹기까지 해서, 호러라는 장르에는 치를 떨었다. 지나고 보니 그렇게 쉽게 조종당하는 것이 싫어서 그랬던 것 같다. 영화에서 무슨 일이 벌어질지,

---

◆ 호러영화의 서브 장르로, 한 명의 살인마가 다수의 사람을 학살하는 잔혹한 내용의 영화를 가리킨다.

어떻게 될지 정확하게 알았지만, 매번 당했다. 한 번도 빠짐없이. 그게 정말 분했다.

지금도 호러영화는 무섭다. 나는 가장 쉬운 사냥감이고, 아주 못 만든 호러영화를 봐도 움찔움찔하고 실눈을 뜬 채 오른쪽 귀를 틀어막는다(나는 왼쪽 귀가 잘 들리지 않는다. 그래서 영화관에서 민망할 일이 조금은 줄어든다).

〈샤이닝〉은 달랐다. 공포를 주는 공식들과 씨름하지 않아도 되는 영화였다. 눈을 감지도, 고개를 돌리지도 않았다. 나는 공포의 심연에 천천히, 저항할 수 없이, 조금씩 빨려 들어갔다.

최면에 걸린 듯했고, 몸이 서늘했다. 영화를 보고 이런 느낌을 받을 수 있다고는 생각해본 적이 없었다. 그날 밤, 공포에는 정말 다양한 형태가 있다는 것을 알게 되었다. 공포는 마음속과 깜깜한 밤의 그림자일 수도, 과거와 미래의 유령일 수도 있다. 영화는 가장 깊은 곳의 공포를 비추고, 마주하고, 끌어안게도 해준다.

〈샤이닝〉을 본 후에도 호러영화에 마음을 열기까지는 시간이 걸렸다. 스탠리 큐브릭 감독의 영화가 좋았던 것이 요행이었다고 생각했던 것 같고, 어디서부터 찾아봐야

할지도 정확히 몰랐기 때문에, 호러영화의 진가는 아주 천천히 조금씩 느끼게 되었다. 나중에는 내가 어떤 종류의 호러영화를 좋아하는지도 알게 되었다. 나에게 의문을 제기하고, 혼란을 주고, 나를 뿌리부터 흔들어놓는 영화들이 좋았다.

이후에 내가 좋아하게 된 호러영화로는 니콜라스 뢰그 감독의 베네치아 악몽 이야기 〈처다보지 마라〉, 닐 라뷰트 감독의 대낮을 배경으로 한 포크 호러◆ 〈위커맨〉 등이 있다. 〈위커맨〉은 아리 애스터 감독의 〈미드소마〉에도 많은 영향을 주었는데, 나는 〈미드소마〉도 좋아한다. 이후에는 도시 로맨스 공포물 〈캔디맨〉에 빠졌고, 공포소설로 넘어가 H. P. 러브크래프트의 기이한 소설에도 빨려 들어갔다.

20년 전 한국 영화를 보기 시작했을 때 나는 호러영화 팬이라고 하기에는 아직 부족한 상태였지만, 당시 K-호러로 마케팅하던 한국 호러영화들은 큰 즐거움을 주었다.

◆　　호러의 서브 장르로, 지역의 전통문화와 민속을 광신적으로 믿는, 외부와 단절된 컬트 집단이 등장하는 특징을 지닌다.

2000년대 초반은 할리우드 호러영화의 최악의 시기였다. A24의 '명품 호러'(〈더 위치〉〈유전〉)가 나오기 훨씬 전이었고, 당시 미국 호러영화는 엉성하고 싸구려였다(예를 들자면 숀 빈이 나오는 망작들인 〈다크〉나 〈사일런트 힐〉 같은 것들이 떠오른다). 하지만 이때 한국 호러영화는 여기저기에서 빵빵 터지고 있었다. 서정적이고(〈장화, 홍련〉), 파격적이며(〈여고괴담 두번째 이야기〉), 과감하고 신비로웠다(〈거미숲〉).

당시는 현대 한국 영화의 초창기라 창의성과 실험 정신이 폭발하는 중이었고, 호러영화는 여기에 알맞은 재료였다. 이때의 한국 호러영화들은 새로운 도구를 손에 쥔 젊고 의욕 넘치는 감독들이 인간의 심리를 깊이 파고들어 탐구하며 서스펜스에 대해 이것저것 실험한 결과물이었다. 이들은 어떻게 하는 것이 정답인지에 대해 크게 걱정하지 않았다. 그리고 그 결과는 작품이 말해줬다.

K-호러가 이후로도 오랫동안 성공한 이유 중 하나는 좋든 싫든 작품을 통해 치열하게 실험한 젊은 감독들 덕분이다. K-호러 최고 작품들 중 상당수가 데뷔작인데, 김지운 감독의 〈조용한 가족〉부터 이용주 감독의 〈불신

지옥〉, 최근에는 박강 감독의 독립영화 〈세이레〉와 박세영 감독의 〈다섯 번째 흉주〉 등이 있다. 4편까지는 아주 좋았던 '여고괴담' 시리즈도 빼놓을 수 없다.

K-호러가 성숙기에 접어든 후, 좋은 작품이 눈에 띄게 줄었다. 한국 호러영화는 갑자기 정형화되었고 공식처럼 움직였다. 갑자기, 재미있는 작품들은 제작사보다 힘이 센, 경력 많은 거장들의 작품들에서 나오기 시작했다.

2009년에는 박찬욱 감독이 〈박쥐〉라는 영화로 변신해 돌아왔다. 이 뱀파이어 로맨스 영화는 이상하고, 마음이 아주 불편하면서, 놀랍도록 변태적이다. 나도 처음에는 (많은 관객이 그랬듯) 이 영화에 냉담했지만, 다시 볼 때마다 강렬하고 복합적인 기분이 든다. 지금은 제일 좋아하는 영화 중 하나가 되었다.

7년 후인 2016년, 나홍진 감독의 〈곡성〉 언론 시사회에서는 무서워서 의자 팔걸이를 쥐어 뜯어가며 영화를 봤다. 우리의 편견과 신념에 등을 돌리는 이 영화를 보며, 나홍진 감독이 역사상 가장 강력한 호러영화를 뽑아냈다고 생각했다. 많은 사람이 영화 서사의 비결을 풀어보려고 했지만, 점점 쓸데없는 일이라는 생각을 하게 되었다. 무엇보다, 이 영화는 느껴봐야 한다.

쓸데없는 일 이야기가 나와서인데, 앞으로의 훌륭한 한국 호러영화에 대한 내 기다림이 허사가 되지 않기를 바란다. 이 글을 쓰는 지금도 한겨울 밤, 곰팡이 슨 천장 타일의 고드름 방울이 등에 떨어지는 것처럼 으스스한 감각이 느껴진다.

〈엑스페리먼트 인 테러Experiment in Terror〉, 블레이크 에드워즈, 1962.

〈티파니에서 아침을〉과 〈핑크팬더〉 사이에, 블레이크 에드워즈 감독은 맥박을 요동치게 하는 〈엑스페리먼트 인 테러〉를 내놓았다. 누아르 고전 명작에 들어가긴 좀 늦었지만(그보다 4년 전에 나온 오슨 웰스 감독의 〈악의 손길〉이 고전 누아르의 마지막 명작으로 자주 꼽힌다), 은행원이 전화로 한 남자에게 협박을 받아 은행에서 돈을 훔치는 이 이야기는 저평가되어 있다.

이 영화에서 편집증적으로 보여주는 샌프란시스코의 모습에 감탄하지 않은 사람은 없다. 강렬한 흑백 화면과 음울한 에너지가 영화를 보는 재미를 더한다.

투신자살하는 회사원

 나는 영화가 꼭 메시지를 담아야 한다고 생각하진 않는다. 의미가 담긴 작품을 좋아하긴 하지만, 그저 요소들을 잘 버무린 작품을 한밤중에 앉아서 보는 쾌감도 괜찮다. 이를테면 작년에 영화관에서 가장 즐겁게 본 영화는 어이없는 우주 재앙 영화 〈문폴〉(롤란트 에머리히 감독)과 정신없이 움직이는 액션영화인 〈앰뷸런스〉(마이클 베이 감독)였다(넷플릭스의 진만 빼는 망작 〈카터〉에서 정병길 감독은 〈앰뷸런스〉 같은 것을 만들려고 했던 것 같다).
 그러나 한국 영화는 조금 다르다. 예술영화건 상업영화건, 예산이 크건 작건, 한국 영화(와 드라마)에는 하나같이 한국 사회를 병들게 해온 문제들이 얽혀 있다.

그중 하나는 악명 높은 노동문화다. 여기에는 바늘구멍 같은 취업시장, 끔찍한 노동시간, 숨 막히는 위계질서가 함께한다. 이 이미지를 영화적으로 압축해서 표현한다면, 회사원이 투신자살을 결심하며 발밑에 흐르는 깊은 한강을 내려다보는 장면일 것이다.

봉준호 감독의 〈괴물〉을 보면 시작한 뒤 몇 분도 안 돼 이 이미지가 인상적으로 표현된 장면이 나온다. 비가 쏟아지는 가운데 한 남자가 다리 난간 밖에 걸터앉아 난간을 붙잡고 있고, 동료들이 난간 안으로 들어오라고 애원한다. 그는 물속에서 이상한 것을 봤지만 그냥 뛰어내린다. 팔다리를 허우적대며 떨어지는 장면이 슬로모션으로 나오고, 영화 타이틀이 등장하면서 으스스한 이병우표 영화음악이 흘러나온다.

〈괴물〉은 한국의 노동문화를 직접 다루진 않지만, 영화 전반에서 직장인의 여러 가지 고충을 암시하는 내용들이 튀어나온다. 박해일이 연기하는 삼촌(박남일)은 운동권 출신으로, 학생운동을 했던 이력 탓에 취업에 실패했다. 이 때문에 술을 입에 달고 살며, 사회에 대한 반발

심도 크다. 그의 대학 시절 운동권 선배(〈남극일기〉의 임필성 감독이 카메오로 출연했다. 〈남극일기〉는 〈더 씽〉에 버금가는 걸작인데 말도 안 되게 저평가되었다)는 현상금을 받아 엄청난 카드 빚을 갚으려고 남일을 배신한다.

영화는 여러 가지 면에서 흥미진진하지만, 특히 다양한 사회문제들을 알기 쉬운 이미지를 통해 영리하게 보여준다는 점에서 흥미롭다. 이런 장면들은 한국 관객들의 마음을 사로잡았고, 해외 관객들 또한 반하게 했다. 제대로 따지자면 괴물은 B급 영화다. 하지만 중년의 회사원이 저세상으로 떨어지는 암시적 이미지로 기묘한 이야기의 막을 열면서, 영화가 담고 있는 사회문제로 우리를 빨아들이며 보다 진지하게 영화를 감상하도록 만든다.

우리는 한국의 유명 영화감독들을 할리우드 거장의 후예로 여기는 경향이 있다. 나도 몇 문단 앞에서 비슷한 언급을 했다─개인적으로 평생 못 갚을 신세를 진 임필성 감독에게 사과드린다(그는 나에게 지금의 아내를 소개해주었다). 이제는 다르게 접근할 때가 된 것 같다.

봉준호 감독이 없었다면 깜짝 놀랄 만큼 창의적이며,

스타일리시하고, 대담하게 장르를 비껴가는 동시에 잘 설계된 경로에 촘촘히 배치된 아이코노그래피(도상)와 세련된 미장센을 따라가며 의미를 이해하게 하는, 조던 필 감독의 영화 같은 작품들이 나올 수 있었을까?

너무 과한 표현일 수도 있지만, 적어도 내 눈에는 조던 필 감독의 엄청나게 창의적이고 기발한 작품인 〈놉〉이 〈괴물〉이라는 영화의 안경을 끼고 볼 때 훨씬 더 잘 보인다.

다른 경우도 보자. 〈괴물〉이 자살하는 회사원 장면으로 영화 전체의 분위기를 설정했다면, 이해준 감독의 〈김씨표류기〉는 이 문제를 정면으로 파고든다. 이 영화는 이해준 감독의 밝고 유쾌한 '짜파게티' 찬가다. 영화에서 정재영은 말이 없고 침울한, 인생 배역을 맡았다. 그가 연기한 김씨는 불운이 겹치고 빚에 허덕이는 회사원이다. 영화의 시작에서 김씨는 죽으려고 뛰어내리지만(패턴이 느껴지는가?) 한강 중간에 있는 무인도인 밤섬에 표류하게 된다.

김씨에게는 새로운 삶이 주어졌고 그에게서 새로운 삶에 대한 기대도 보이지만, 이해준 감독은 그보다 어디서부터 잘못되었는지에 대한 이야기로 우리를 끌어간다. 김씨는 어떤 특별한 사건이 있어서 뛰어내린 게 아니다. 그는 강압적인 아버지, 모멸감을 주는 면접관, 돈만 밝히는 여자친구같이 너무도 익숙한 주변 문제들로 인해 서서히 무너졌다. 이 문제들은 모두 같은 것을 상징한다. 바로 현대의 경쟁사회, 소비사회에 적응하되 그 와중에도 남들보다 앞서가야 한다는 모순적 충동이다.

　김씨는 이 적응에 실패해 이탈하게 되었지만, 이는 세계에서 가장 복잡한 대도시의 심장부에 유배되는, 생각지 못한 방식으로 벌어졌다. 섬에서 그는 사회에 적응해야 한다는 당장의 과제로 인해 무료함을 즐기는 일이나 짜파게티 같은 진짜 욕망을 억누르고 살아왔다는 것을 알게 된다.

　할리우드 영화라면 사람들이 대화를 통해 자살 시도를 포기하지만, 한국 영화에서는 자살을 시도하는 인물들이 놀라울 정도로 자주 뛰어내린다. 〈괴물〉〈올드보이〉〈박하사탕〉 모두 마찬가지다(모두 영화가 시작할 때 투신한다). 〈김씨표류기〉에서의 김씨도 투신하지만 살아남는데, 그의 인생이 실패이기 때문에 자살도 제대로 못 한다는, 일

종의 '썩은 개그'다.

'할 수 있다'식 낙관수의가 같이 없는 할리우드에서 자살에 대한 생각은 매력적인 주인공의 긍정적인 대사로 고쳐지지만, 한국 영화는 자살하면서 시작한다. 자살을 하려는 이유를 알려면 영화에서 보여주는 찾기 쉬운 단서 몇 개만 확인하면 된다.

경직된 사회, 고통스러운 노동문화, 위험한 투기 등으로 악화되는 한국 사회의 압박은 너무도 만연해서, 난간 너머를 바라보는 회사원의 이미지만으로도 그 사람이 누구인지, 왜 그렇게 됐는지를 명확히 알 수 있다. 그러나 자살하는 회사원은 한국의 이야기를 이해하기 쉽게 만드는, 고통스러울 만큼 상징적인 고정관념들 중 하나일 뿐이다. 이 낙담한 회사원들은, 혼나는 며느리들, 학대에 가까운 생활을 하는 학생들과 함께 훌륭한 영화를 만든다. 그러나 이 영화들이 훌륭한 이유는 오로지 이 영화를 탄생하게 한, 훌륭하지 않은 사회 때문이다.

〈매드니스In the Mouth of Madness〉, 존 카펜터, 1994.

나는 위대한 존 카펜터 감독을 뒤늦게 알았다. 그에게 푹 빠져 몇 년 전 몇 주 동안 그의 영화를 완주했다. 그의 '최고' 작품은 〈괴물〉과 〈화성인 지구 정복〉이겠지만, 가장 놀랍고 추천할 만한 작품은 스티븐 킹과 H. P. 러브 크래프트를 섞어놓은 것 같은 〈매드니스〉다. 영화에는 샘 닐(〈퍼제션〉〈이벤 트 호라이즌〉〈오멘 3: 심판의 날〉 등 그의 장르영화 출연작 목록은 놀랍다)이 베 스트셀러 작가를 추적하는 보험 조사관(존 트렌트)으로 나온다. 작가의 책 이 독자에게 이상한 영향을 주기 때문이다. 존은 뉴잉글랜드의 마을까지 작가를 따라가는데, 이 마을은 실제 마을이 아니라 작가의 모든 작품에 나 오는 마을이다. 카펜터의 후기 작품들은 사람을 홀리는 걸작들인데, 시간 이 이상하게 흐르는 가운데 공포감을 주면서 허구와 현실이 충돌한다.

새벽의 근사한 공포

아침은 힘들다.

나는 항상 일어나는 게 힘들었는데, 최근 몇 년 사이 특히 심해졌다. 잠에서 깨면 아직 캄캄하고, 흐릿하고 뻑뻑한 눈이 무의식 속에 남은 테크니컬러◆의 꿈에서 돌아오기 위해 애쓴다. 그리고 털북숭이 악마들이 정해준, 일그러진 자세로 마비된 채 가만히 누워 있다.

그렇다. 털북숭이 악마들이다. 몽키와 미슈까는 새벽

◆　영화에서 천연색을 만드는 방식 중 하나로, 화려한 색감으로 인해 뮤지컬 장르나 장대한 서사영화에서 자주 쓰인다.

의 황갈색 공포다. 나는 이들이 부리는 변덕의 노예이며, 얼룩무늬 털을 긁으면서 내는 갸르릉 소리에 나는 최면 상태가 된다. 아침마다 감옥에 갇힌 죄수가 되어, 둘이 편히 누우면서 만들어놓은 이불의 소용돌이에 다리가 꼬인 채로 갇힌다. 고양이들과 내 다리가 높은음자리표 모양을 만들며, 그날의 불협화음은 어떤 음이 될지를 정하는 것 같다.

나는 고양이가 많은 집에서 자랐다. 어머니는 전형적인 애묘인이었고, 지금도 그렇다. 온갖 무늬와 색깔의 고양이들을 죽음에서 구조했다. 유기묘, 이웃의 농부가 익사시킬 뻔한 새끼 고양이들, 마구간에서 말을 탈 때 따라온 동행까지. 콘란네에서는 모두 환영이었다. 나와 어머니는 어쨌든 환영이었다. 아버지는 고양이를 좋아하진 않았지만, 어머니를 사랑했기 때문에 (대부분은) 거절하지 못했다.

고양이 수십 마리와의 생활을 뒤로하고 떠나, 성인이 된 초반은 불안정한 채 떠돌며 고양이가 없어 슬픈 인생이었다. 결혼을 하고 안정을 찾으면서 결국은 문을 다시 열어젖혔다. 하지만 곧장 예전으로 돌아갈 순 없었다. 나는 작은 동물원에서 자랐지만, 경미는 고양이와 지내본 적이 없었다.

고양이를 들이는 것에 대한 이야기는 마치 아기를 갖는 것에 대한 이야기를 하는 것 같았다. 공간이 충분할까? 돌볼 수 있을까? 여행은 계속 갈 수 있을까? 나는 다 된다며 '응, 응, 응'을 연발했다.

고양이를 살지에 대해서는 물을 필요도 없었다. 도움이 필요한 유기 동물이 워낙 많다는 사실을 알고 있었기에 입양할 방법부터 생각했다. 그렇게 몽키가 우리 삶에 들어왔다. 드라마 〈보건교사 안은영〉 촬영장에서 긴 하루를 보내고 온 저녁, 경미는 휴대폰을 보다가 친구가 올린 지저분한 길고양이 영상을 보았다. 비쩍 마른 오렌지색 태비(얼룩무늬 고양이)를 보자마자, 이 아이가 우리와 살 것이라는 것을 알았다. 이틀 후, 몽키가 와서 우리 가족은 셋이 됐다.

미슈까는 몇 달 후에 왔다. 경미의 드라마 편집실 근처 작은 공장 밖에서 구조한 새끼 고양이 중 하나였다. 고양이들끼리 잘 지낼지는 미리 알 길이 없었지만, 두려움은 금방 사라졌다. 몽키와 미슈까는 보자마자 친해져서, 첫

날부터 몇십 센티미터 이상 떨어져 자본 적이 없다.

나는 오랫동안 고양이와 지냈지만, 한국 아파트에서 두 마리를 키우는 것은 여러 면에서 새로운 경험이었다. 스위스 집에서 고양이들은 마음대로 들락날락했다. 먹을 걸 달라고 테라스 문과 부엌 창을 긁어서 들어오고, 내보내달라고 다시 문을 긁었다.

어떤 고양이들은 나갔다가 한참 동안 안 보이고, 가끔은 아예 안 오기도 했다. 하지만 거기에 너무 연연하지는 않았다. 스위스 시골에서 고양이들은 자연의 법칙에 따라 움직였다. 우리는 영구적인 보호자라기보다는 임시 호스트였다.

그러나 우리 고양이들은 밖에 나가지 못한다. 사냥을 할 수도 없고, 발톱을 긁을 나무껍질도 없다. 고양이들이 집 안을 제대로 돌아다니기 위해 발톱깎이가 필요하다는 사실, 고양이들의 체중 관리를 위해 함께 집 안을 뛰어다녀야 한다는 사실을 받아들이는 데에는 시간이 걸렸다. 위층 아이들보다 우리 고양이들이 소음을 더 많이 낼지도 모른다.

몽키와 나는 잡기 놀이를 오랫동안 한다. 놀고 싶어지

면 몽키는 총총걸음으로 와, 입에 장난감을 물고 그르릉 거리는 소리를 낸다. 내가 미처 듣지 못했을 때는 발밑에 장난감을 물고 와 계속해서 쌓는다. 가끔은 밥그릇에 장난감을 전부 담아놓기도 한다. 그건 왜인지 아직 모르겠다.

〈기나긴 이별〉에서 엘리엇 굴드가 연기한 필립 말로와 그의 까탈스러운 오렌지색 태비는 사람과 고양이의 관계를 내가 보기에 가장 사실적으로 잘 표현하고 있다. 레이먼드 챈들러의 소설을 영화화한 이 작품의 시작에서, 고양이는 한밤중에 밥을 달라고 말로를 깨운다. 말로는 고양이가 좋아하는 브랜드의 사료가 품절이라 이리저리 시도해본다. 하지만 고양이는 밥을 하나도 먹지 않고 가버리고, 다시는 나타나지 않는다.

고양이를 키우는 사람들에게는 친숙한 장면이며, 올트먼의 영화 오프닝으로 놀랍도록 딱 맞는 장면이기도 하다. 좋은 누아르 영화는 스타일과 미스터리로 우리를 매료시키면서도, 해답을 주지 않아 도대체 진실이 무엇인지를 찾아 헤매게 한다.

고양이를 키우는 일이 정확히 그렇다. "고양이가 나를

좋아할까?" 같은 질문은 어리석고 자기중심적이다. "내가 먹이를 줘도 될까?"라고 물어도 그 답 역시 애매할 것이다. 하지만 내가 알건 모르건, 그 애매함이 정답이다. 고양이와 함께 살면 인생과 우주의 신비한 매력을 끊임없이, 유쾌한 방식으로 떠올리게 된다. 찬양하되 이해하려 하지 말고, 무엇보다 밥은 꼭 주자.

〈거대한 강박관념Magnificent Obsession〉, 더글러스 서크, 1954.

더글러스 서크 감독의 1950년대 테크니컬러 멜로드라마는 좋은 의미에서 전설적이다(흑백영화지만, 〈빛바랜 천사The Tarnished Angels〉도 여기에 끼워주자). 이전이나 이후의 작품 중에 그토록 달콤한 영화는 거의 없다.

〈거대한 강박관념〉에서는 서크의 단골 주연배우 록 허드슨(버크 데블린 역)이 물에 빠지고, 한 의사가 그를 구하려다 목숨을 잃게 된다. 그는 죽은 의사의 시각장애인 부인과 사랑에 빠진다.

요즘에 이런 스토리를 제안한다면 공개적으로 웃음거리가 되겠지만, 서크 감독은 멜로에서 예술을 끌어내는 탁월한 능력이 있었다. 그의 영화는 교외의 악몽을 매력적으로 보여준다.

내가 SF를 좋아하는 이유,
그리고 한국 SF가 계속 실망스러운 이유

경미가 이번 주에 시나리오 초고를 마감했다. 그래서 기념으로 우리가 좋아하는, 서촌에 있는 식당 '두오모'에 점심을 먹으러 갔다.

경미는 중요한 마감을 하고 나면 생각이 많아진다. 작업에 자신을 너무 많이 쏟아붓다 보니 이 기간이 끝나고 나면 큰 공허함에 맞닥뜨리는 듯하다. 아마도 우주비행사가 몇 달 동안 힘들게 준비를 마친 후에 우주로 떠나면 이렇겠다고 상상한다. 뒤돌아보면 자신이 작업한 영화, 책, 시나리오가 내 손을 벗어나 있다. 앞을 보면 광활한 우주와 감당 못 할 물음이 기다린다.

경미의 아버지는 몇 년 전에 돌아가셨는데, 그 후 몇 년간 고인과의 기억을 반주하고 있다. 그러면서 우리는 죽고 나면 어떻게 되는지에 대해 자주 궁금해하곤 한다. 이탈리안 식당에서 와인과 파스타를 먹으면서도, 경미는 이 생각의 늪에 다시 빠져들었다.

나에게도 답은 없지만, 죽음에 대한 내 생각은 지금으로서는 간단하다. 삶의 짐을 내려놓고 나면 거기서 끝이다. 우리는 몇몇 사람의 기억 속에 한동안, 혹은 그들이 죽을 때까지 살 테고 어떤 사람들은 이야기나 기록에 남아 좀 더 오래 살겠지만, 결국은 시간이 이들도 똑같이 집어삼킬 것이다.

조금 불편한 생각이긴 하지만 경미에게도 내 생각을 털어놓았다. 그리고 그래도 괜찮다고 덧붙였다. 결국에 우리는 중요하지 않기 때문이다. 그런다고 나아지는 건 없지만, 그렇게 생각하면 마음이 아주 편해진다. 그래서 내가 고전 SF 영화를 좋아하는 것이다.

SF는 몽상가와 사상가 들의 놀이터다. SF를 통해 우리는 미지의 세계를 탐험할 뿐 아니라, 여러 상황 속에서 인간 본성과 지식을 시험할 수 있다. 내가 가장 좋아하는

SF 소설은 아이작 아시모프의 『파운데이션』(애플 TV+에서 드라마화되었고, 그런대로 멋지긴 하지만 역시 실망스러웠다)과 아서 C. 클라크의 『라마와의 랑데부』다(드니 빌뇌브 감독이 영화화할 예정이다).

　『파운데이션』은 하나의 제국이 전 우주를 지배한 시대를 배경으로 인간 존재의 미래를 그려보는 이야기다. 그중 한 수학자가 '심리역사학'을 바탕으로 사회의 붕괴를 예측하는데, 이 심리역사학은 힘 빠질 정도로 정확하게 인간의 행동을 예측해 미래 사회의 변화 과정을 제시한다. 아시모프의 이야기는 우주적 규모에서 인류를 보여주는데, 인류는 여전히 자아와 편협함에 지배되고, 같은 실수를 되풀이한다. 우리 은하의 미래 시대의 인간들 사이에서 역사는 끊임없이 반복된다.

　『라마와의 랑데부』도 우주를 그리지만, 우리 종을 넘어선다. 외계에서 온 물체가 태양계에 진입하면서 인간이 이에 대응한다. 인간도 외계 물체를 조사하기 위해 우주선을 보내는데, 그 외계 물체에서 발견한 것은 인류 문명을 한없이 초라하고 구닥다리로 느껴지게 한다.

　나는 점심을 먹으며 경미에게 『라마와의 랑데부』를 추

천했다. 나는 키가 194센티미터라서 대부분의 사람보다 크지만, 작다고 느낄 때가 좋다. 우주와 시간의 광대함을 상상하다 보면 이런 우주가 어떻게 굽어지고 휠 수 있는지 생각하다가 헤매고, 그러다 보면 경이로움과 커다란 안도감이 찾아온다. 삶의 모든 압박이 무의미하다는 생각이 들면서 마음의 짐이 한순간에 증발한다. 물론 이것도 잠시, 재활용 쓰레기를 버리러 가야 하는 순간 삶은 다시 나를 압박해온다.

이야기를 하다가, 경미는 갑자기 큐브릭 감독의 〈2001 스페이스 오디세이〉를 다시 보고 싶은 마음이 커졌다고 했다. 나도 최근에 클라크의 소설(큐브릭과 함께 스토리를 짰다)을 읽었기 때문에 그 말이 너무 반가웠다. 그리고 어제, 함께 화면 앞에 딱 붙어서 영화를 봤다. 할 말을 잃은 채 우리는 잠에 들었고 꿈속에서 영화의 거대한 내용을 소화한 뒤 다음 날 아침을 먹으며 오랫동안 영화에 대해 이야기를 나누고 분석했다.

영화의 호기심, 규모, 상상력에 힘입어 우리는 각자의 이론과 철학을 펼치며 토론했다. 이것이 내가 SF를 좋아하는 이유다. 그리고 이 때문에 한국 영화를 대체로 좋아하지만 한국 SF에 대해서라면 아쉬운 감정이 있기도 하다.

당연히 SF 영화가 전부 〈2001 스페이스 오디세이〉 같을 순 없다. SF 영화가 2,001편이 나와도 그런 영화는 한 편 나올까 말까다. 하지만 한국 SF 영화 중 볼만한 작품은 한 손에 꼽고도 남는다.

한국에서 가장 인기 있는 SF 영화는 아마 크리스토퍼 놀런 감독의 〈인터스텔라〉일 것이다. 영화는 2014년 천만 관객을 기록했다. 놀런 감독의 영화는 여러 가지 면에서 〈2001 스페이스 오디세이〉의 재탕이다. SF와 서사 요소들을 많이 가져다 썼고, 그중 어떤 것들, 특히 블랙홀에 관한 내용은 최신 과학 연구 결과를 반영했다. 〈2001 스페이스 오디세이〉와 이 영화의 큰 차이는 본격 SF 위에 감동적인 가족 서사를 끼었었다는 것이다. 아마 그래서 국가별 흥행 성적 중 한국이 (인구수 대비) 압도적 1위를 차지했을 것이다.

요즘 한국 영화감독들 사이에서 놀런 영화들의 영향력은 독보적이다. 한스 치머의 음악은 물론, 놀런의 서사와 기법들이 한국 영화 전반에 묻어난다(들리기도 한다). 〈인터스텔라〉 덕분에 한국의 이야기꾼들이 SF 영화 실험을 하게 되었지만, 지금까지의 초라한 결과를 보면 이들 중 아무도 〈인터스텔라〉가 왜 잘됐는지는 이해하지 못했다고 할 만하다(나는 지금도 이 영화를 볼 때마다 아이처럼 운다).

한국의 영화감독들은 SF의 서사 기법과 스펙터클을 활용하기는 하지만, 이미 천 번도 더 본 신파적 이야기를 포장하는 데 이용한다. 가족 중심의 작은 이야기가 넓은 배경에서 시작하는데, 그 영역이 조금씩 쪼그라들어, 손바닥에 담길 정도로 조그마한 감상적 감정 덩어리만 남게 된다.

〈인터스텔라〉도 가족 이야기지만, 이 영화의 가족이 떠나는 여정을 통해 우리는 기존의 세상이나 과학적 지식을 뛰어넘는다. 한국의 SF는 보통 그 반대다. 초반에는 아이디어들이 막 튀어나오고, 이후 이 현란한 미끼에 낚여 실망스러운 이야기를 만나게 되고, 이내 우리를 이야기로 이끌었던 아이디어들이 버려진다. 나는 이것보다 훨씬 일찍 인내심을 잃고 영화 보기를 그만둔다.

SF를 제대로 다루는 한국 감독은 몇 안 된다. 봉준호 감독은 물론 SF를 안다. 〈괴물〉은 가족 이야기를 다룬다. 가족이 딸을 찾아 서울을 누비는데, 찾아다니는 곳마다 딸은 없고 한국 사회와 역사의 문제들이 드러난다. 〈설국열차〉는 실패한 사회에서 인간이 살아남을 수 없다는 거대한 은유이다. 아시모프도 이렇게는 못 했을 것이다.

이 둘 말고 한국 SF 영화는 전멸이다. 한국 영화산업은 매력적인 SF를 만들 자본과 기술력이 있지만, 그보다 먼저 아이디어가 이야기를 처음부터 끝까지 끌고 가야 한다. 그렇지 않으면 SF가 아니라 SF 느낌 정도만 준다. 좋은 한국 SF가 나올 때까지는 보고 또 봐도 좋은, 집에 있는 책과 고전 SF 영화를 붙들고 있을 것이다. 지구 밖에 닿고 싶을 때마다.

〈바르게 살자Going by the Book〉◆, 라희찬, 2007.

나는 장진 감독을 찬양한다. 연극인이면서 영화로 전향해서도 성공했고, 〈아는 여자〉처럼 길이 남을 보석 같은 영화를 남긴 데다 그의 극단에서는

◆　이 영화의 영어 제목은 'Going by the Book'(규칙대로 하다)이다. 한국 SF 영화는 명확한 SF의 틀을 따르고 있지만, 정작 SF가 무엇을 해야 하는지에 대한 이해가 부족한 것 같다. 어쩌면 '잘못된' 규칙대로 하고 있는지도 모르겠다.

정재영과 신하균 같은 스타들이 탄생하기도 했다.

장진 감독이 시나리오를 쓰고 제작한 〈바르게 살자〉는 엄청나게 웃긴 영화인데, 개봉 당시에는 어느 정도 흥행했지만 애석하게도 그 후 잊혔다.

극중 정재영(정도만 역)은 규칙대로 하는 교통경찰인데, 은행 강도 모의훈련에 아주 진지하게 임하는 모습이 너무 웃기다. 경찰을 풍자하는 한국 영화는 많지만, 이 정도로 강렬하고 웃긴 것은 없다.

악귀를 피해 가려면
한국 장례식이 아일랜드 장례식보다 낫다

우리가 처음 만난 지 6주밖에 안 됐을 때, 경미와 나는 함께 휴가를 보냈다.

커플로서의 첫 큰 시험에서, 우리는 아름다운 카르스트 해안에 매료되어 필리핀에 가기로 했다. 8일간의 여행 일정에는 관광객의 블랙홀인 보라카이와 팔라완 북부 군도의 꿈같은 낙원도 있었다. 모험가들은 낡은 범선과 엔진 하나의 경비행기로 이곳에 가기도 한다. 하지만 우리의 보라카이행은 마닐라의 복작복작한 마카티 지역에서 시작했다. 우리는 서울에서 날아와 첫날을 이곳에서 보냈다.

시내에서 덥고 습한 저녁을 보낸 후(8월이었다) 호텔로 돌아왔다. 술을 조금 더 마셨고, 간식도 꺼내 먹으며 이야기하고 또 했다. 대화 중에 〈천국으로 가는 계단〉 이야기가 나왔는데(아마 내가 유도했을 수도 있다), 내가 제일 좋아하는 영화 중 하나다. 경미는 그 영화를 본 적이 없었고 나는 흥분해서 컴퓨터를 뒤져 영화의 도입부 영상을 찾아냈다.

도입부는 데이비드 니븐이 연기하는 영국 조종사(피터 카터)가 제2차 세계대전 동안 손상된 폭격기를 몰고 영국해협을 건너 복귀하는 내용이다. 그는 무전을 통해 킴 헌터(준 역)와 우연히 이야기하게 되고, 둘은 비행기가 추락해 피터가 죽을 것이 뻔한데도 그 짧은 대화 중 사랑에 빠진다.

나는 제2차 세계대전 당시 영국의 절제하는 감성, 건조한 농담과 화려한 색감이 어우러진 이 장면을 볼 때마다 빠져든다. 열대야에 마카티의 스카이라인을 보며 영화 속 파일럿처럼 하늘과 땅을 오간 나머지, 웅크리고 있는 경미 옆에서 눈시울이 다시 붉어졌다. 경미는 깜빡 졸아서 그 장면 전체를 못 봤지만, 이 장면 직후에 깨서 내가 우는 걸 처음으로 봤다.

경미가 내가 우는 모습을 그다음으로 본 것은 3년 후였다. 경미의 아버지 장례식 3일째 되는 날이었다.

나는 한국 영화를 통해 죽음과 장례에 대해 잘 알고 있었지만, 직접 경험해본 적은 거의 없었다. 장인어른의 장례식 전에는 딱 한 번 빈소에 가봤다. 엄숙하고 경건했고, 짧은 시간 동안 아무 일도 없이 진행되었다. 술 취한 가족끼리 싸우거나 가족사를 남들 앞에 까발리는 일은 없었다. 내 안의 천박한 한국 영화 팬에게는 실망이었다.

두 번째 장례에서도 그런 극적인 사건은 없었지만, 유족으로서 장례를 치른 일은 한국에 있는 동안, 어쩌면 살면서 가장 강렬한 경험이었다.

시작은 갑자기 온 전화였다. 경미는 한동안 편찮으셨던 아버지 상태가 위독해져서 와보라는 연락을 받았다. 택시를 타고 고양에서 분당까지 달려가는 길에 전화가 한 통 더 왔다.

상태가 급격히 나빠지고 있었고 임종이 가까이 왔다는

것이었다. 그 후로는 아주 슬픈 일이 있었지만, 때가 되면 경미가 할 수 있는 이야기인 것 같다.

우리 둘 다 장인의 임종을 지켰다. 잊지 못할 순간이었지만, 그다음 일어날 일은 상상도 못 했다.

요즘 한국 결혼식은 서양과 굉장히 비슷하지만, 그와 달리 장례식은 그렇지 않다. 한국의 장례 의식은 밤낮이 없다는 것을 금세 알게 됐다. 장례는 바로 시작됐다. 다른 병원에 차려진 빈소로 바로 갔고, 다시 집에 들러 검은 정장을 입고 사흘 동안 필요할 물건들을 챙겼다. 몇 시간 후 장례식장에 가보니 이미 장례가 진행되고 있었고, 벌써 다녀간 사람들도 있었다.

스위스와 아일랜드의 장례식은 완전히 똑같진 않지만 비슷한 절차를 거친다. 누군가가 죽은 이후 바로 시작되진 않는다. 스위스에서는 며칠 후, 아일랜드에서는 한 달 후에 시작하기도 한다.

내가 좋아하는 아일랜드 속담 중에 "악마가 너의 죽음을 알기 30분 전에 천국에 가기를"이라는 말이 있다. 시드니 루멧 감독의 〈악마가 너의 죽음을 알기 전에〉는 이 말에서 제목을 따온 것이다. 하지만 아일랜드에서 장례를 시작하기까지 걸리는 시간을 생각하면, 악마가 아는 것은 물론이거니와 망자의 저승 환영식에 부를 손님까지 다 초대해놓았을 것 같다.

이렇게 오랜 준비가 끝나고 시작하는 서양의 장례식은 유족이 할 것이 많지 않고 금방 끝난다. 반면에 한국의 장례식은 마라톤 같다. 3일 동안 애도하는 모습을 드러내고, 새벽이나 해가 남반구로 넘어간 한밤중에도 방문하는 친구, 친족, 잘 모르는 지인들까지도 맞이해야 한다. 절을 하느라 무릎이 아파오는 와중, 사람들이 계속 연도練禱를 하러 와서 애도하는(그리고 불편한) 자세로 있어야 했다.

염을 하는 것에 대해서도, 미리 듣긴 했지만 준비는 안 되어 있었다. 염은 아래층의 차가운 시신 안치실에서 가족 몇 명과 장례 담당자들만 참석한 채 진행되었다. 영화에서 많이 봤기 때문에 화장에 대해서는 익숙할 것 같았다. 하지만 안내판에 사랑하는 사람들의 이름이 표시되기를 기다리며 엄숙하게 줄을 선 수십 명의 장례 행렬, 화장 장비가 줄줄이 늘어서 있는 것, 식당의 식권 등이 기억에 깊이 남았다.

장례식장에 온 사람들의 행동도 인상 깊었다. 조문객들을 오랫동안 맞이하다 보니 그들의 옷을 자세하게 보게 되었다. 항상 단색이지만 그 와중에도 놀라울 정도로 스타일리시하고 세련된 사람들이 있었다. 어떤 사람들은 수십 년간 제사를 지내서인지 기가 막힐 정도로 능숙하고 우아하게 절을 했다. 내 뻣뻣한 절은 아무리 연습해도 그들처럼 자연스럽지 못할 것이다.

나는 상을 치르는 동안이나 여러 가지 의식을 치르는 중에는 울지 않았다. 울음은 다 끝나고 터졌다. 장인어른을 묻고 장모님의 집에 돌아와 모두가 삼겹살을 먹으러 갔다. 그때 많이 취했는데 갑자기 눈물이 나기 시작했다. 장례 기간 동안의 스트레스와 낯선 경험이 큰 타격을 주었고, 모든 억눌린 감정이 한 번에 터져 나왔다.

나는 한국 장례식을 어떻게 봐야 하는지 잘 모르겠다. 유족들에게는 힘들고 어떤 면에서는 잔인하다. 벌을 받는 것 같은 정도다. 하지만 굉장히 효과적이기도 하다. 순식간에 여러 가지 힘든 일이 일어나기 때문에, 끝맺음의 느낌이 찾아온다. 그래서 죽음을 깨끗이 정리하는 효과가 있고, 일상으로 돌아가기도 쉽다. 확실히 서양과 비교하면 빠르다.

이제는 한국 장례식에 대해 잘 알지만, 여전히 화면에서 장례식을 보면 매료된다. 특히 김록경 감독의 〈잔칫날〉과 박강 감독의 〈세이레〉는 지난 몇 년간 본 영화 중 가장 독특하고 놀라웠다. 〈잔칫날〉은 아버지의 장례 비용을 치르기 위해 지방 잔치를 찾아다니며 사회를 봐야 하는 남자의 '웃픈' 이야기이며, 〈세이레〉는 아이가 태어나자마자 전 애인의 장례식에 참석하면서 생기는 으스스하고 몰입감 넘치는 이야기다. 두 영화 모두에서 인물들이 장례 의식과 미신의 충돌 속에 복잡하고 모순적인 상황을 헤쳐나가는 것을 빠져들어 보게 된다.

나는 봉준호 감독의 〈괴물〉을 더블린 개봉 날에 처음 보았고, 관객은 대부분 한국 교민이었다. 영화에서 합동 장례식 때 가족이 드러누워 뒤엉켜 우는 장면에서 사람들이 가장 많이 웃었다. 며칠 후 친구들과 함께 영화를 또 보러 갔는데, 그때는 관객이 모두 아일랜드 사람들이었다. 아무도 그 장면에서 웃지 않았다. 내가 속한 문화의 우스꽝스러운 면을 보고 웃을 수 있다는 점은 다행이지만, 여전히 누군가가 죽으면 우리는 검은 옷을 입고 엄숙한 표정을 지어야 한다.

〈천국으로 가는 계단A Matter of Life and Death〉, 마이클 파월 · 에머릭 프레스버거, 1946.

나는 아처스(파월-프레스버거 콤비의 별명이다)를 존경한다. 〈천국으로 가는 계단〉은 내가 처음으로 이들을 알게 되고 압도당한 영화다.

앞에서 오프닝의 장관에서 울었다고 이미 밝혔지만, 무한한 휴머니즘, 미지의 것을 알고 싶다는 갈망, 그리고 이 영화가 불러일으키는 기쁨, 희망, 경이로움에 대해서는 말하지 않았다.

여기에 절제된 영국식 유머와 테크니컬러의 멋진 상면까지 더해져 오래도록 남을 영화 작품이 되었다.

세 부인에게 보낸 편지

부인에게

함께한 생일, 기념일, 크리스마스마다 펜을 꺼내 편지를 쓰곤 했어요. 글자를 배우기 시작한 아이들처럼 어설프고 서투른 한글 글씨로요. 쓴 내용은 고작 카드 하나를 채울 정도로 짧았지만, 내 마음을 담기에는 충분히 길었어요.

시간이 지날수록 한국어 실력이 늘었고, 그래서 카드를 쓸 때마다 내용도 길어지고 문장도 매끄러워졌어요. 하지만 결혼 5주년인 이번은 한국어가 아닌 내 모국어로 써요. 이번만 특별히 장황해도 이해해줘요.

나는 아직도 한국어가 서툴러서, 감정을 전부 담아내기가 힘들어요. 내가 느끼는 것을 쓰지 못하다 보니 시간이 허락한다면 다른 방식을 찾아야 하겠죠. 생각이 사라져버리기 전에 단순화해서 표현하는 때도 많아요.

결혼한 지 5년, 서로 알게 된 지는 7년이라니, 오랜 시간이지만 눈 깜빡할 새 지나갔네요.

얼마 전 홍콩 여행을 갔을 때, 아파트 사진을 많이 찍었어요. 색색의 거대한 고층 건물들이 변화무쌍한 스카이라인이 되어주었죠. 경치가 좋은 곳을 찾아 언덕과 계단을 오르면서 건물의 정면도 찍어봤어요. 수십, 수백 개의 아파트가 갑자기 일정한 모습으로 변해버렸어요.

이렇게 일정한 형식 덕에 마음이 편해지기도 했지만, 진짜 재밌는 건 그 형식에 숨은 변화에 빠져들 때였어요. 아파트는 제각기 다른 모습이었죠. 창문 모습도, 에어컨 실외기 수도 다르고, 각양각색의 빨랫감까지 더해져 시시각각 삶이 변해가는 모습을 만화경으로 보는 것 같았어요. 높이 솟은 집들의 벽에서 그곳에 사는 가족들이 튀어나와 꿋꿋이 삶을 이어가는 모습을 보니 담쟁이덩굴이 건물을 타고 올라가며 뒤덮는 것 같은 생명력이 느껴졌어요.

한국의 아파트는 이런 변화가 안 느껴지고, 밖에서 보면 전부 똑같이 생겼지만 말이에요.

우리도 그런 것 같아요. 이웃들과 같은 아파트에 살고, 같은 가게에서 물건을 사고, 같은 식당에서 음식을 시켜 먹지만, 동시에 우리만의 삶을 만들어왔잖아요. 각자의 개성이 뭉쳐 정신없지만 매력적인 균형 상태를 찾은 거죠.

당신은 내 인생의 동반자예요. 이 이상한 세상에서 우리의 담쟁이덩굴이 오래오래 서로 엉키면서 뻗어나가면 좋겠어요.

애정을 담아,
사랑하는 남편이

이경미 감독님에게

저는 스위스에서 독감과 싸울 때 감독님의 이상하고

놀라운 영화 세계에 입문했습니다. 침대에 누워 따뜻한 자와 닭고기 수프를 마시며 하루 종일 한국 영화를 볼 때였습니다.

고열에 시달리는 와중 유일하게 인상에 남은 영화가 〈미쓰 홍당무〉였습니다. 웃기고 마음이 편해지는 영화였지만, 한편으로는 묘하게 날카로운 면들이 있었습니다. 이 영화를 보면서 한국 영화만의 독특하고 새로운 목소리에 빠져들게 되었죠. 나중에 우리가 그렇게 마주치게 될 줄은 몰랐습니다.

감독님의 다음 작품인 〈비밀은 없다〉를 기다리며 설렜던 기억도 납니다. 개봉일을 기다리며, 제 'Modern Korean Cinema(현대 한국 영화)' 블로그에서 '올해 가장 기대되는 한국 영화'로 두 번이나 선정하기도 했습니다.

그리고 정말 기쁘게도 시사회에 초대를 받았습니다. 솔직히 시사회에서는 자막이 없어서 고생하긴 했지만, 저는 영화에 반해버렸고 뒤풀이에 가면서도 영화 속 장면들에서 헤어나지 못했습니다.

뒤풀이에서 저와 감독님 모두의 친구인 이원석 감독이 저를 붙잡아 세우고, 바로 사라졌다가 감독님과 함께 돌아왔습니다. 살면서 그렇게 얼어붙은 적은 처음이었습니다. 이원석 감독은 우리를 서로 인사시키는 대신 뒤풀이 자리에 있는 사람들한테 "여기! 이경미 새 남자친구입니다!"라고 목청껏 소리쳤죠.

이렇게 엄청나게 불편한 순간에서 우리가 바로 친해지지 않은 건 당연합니다. 하지만 이원석 감독의 장난으로 인해 의외의 일이 일어났죠. 이원석 감독은 그 후 〈킬링 로맨스〉를 연출하러 떠났지만, 그 순간 우리에게 삶을 불어넣어주었습니다.

아직까지도 감독님의 무대 뒤에 제가 있다는 사실이 꿈만 같습니다. 저는 감독님의 창작 작업을 첫 줄에서 관람하고, 모든 작업의 부침도 함께합니다. 만들고 의심하고 부숴버리고, 생각의 조각들을 다시 조합하는 모습을 지켜봅니다. 그러는 과정에서 새롭게 태어나는 이경미 감독님의 작업물을 지켜보죠. 이 새로운 작업물이 이경미 감독님 당신을 통해 드러나고, 새로운 층을 만들며, 감독님에게 녹아듭니다.

감독님의 영화, 단편, 드라마가 바로 감독님입니다. 감독님은 작업에 스스로를 쏟아붓고, 그러다 보면 작업이라는 우물 속에 깊이 들어가서, 우물 바닥에 있는 뿌연 거울을 보고 있는 것 같을 때도 있습니다.

너무 깊이 빠진 나머지 그 안에서 오래 머무는 감독님을 우물 위에서 바라보면, 감독님은 무아지경에 빠져서 주변의 모든 것과 단절된 것 같습니다.

우물 바닥에 있는 뿌연 거울은 결국 깨끗해집니다. 다시 스스로를 바라보고, 우물 밖으로 올라와, 감독님은 자신의 원동력인 새 프로젝트들을 가득 들고 있죠.

존경을 담아,
영원한 팬이

경미에게

신혼여행은 못 가고, 혼인 서약을 하고 5년이 지나서야 제대로 연휴를 즐기게 됐네. 손을 잡고 태국의 바닷가를 걸었지. 너는 나풀거리는 모자를 쓰고, 나는 큰 샌들을 신고.

　네가 웃으면, 특히 나 때문에 웃은 날에는 하루 종일 기분이 좋아. 너를 웃게 하는 게 좋고, 나는 남을 잘 웃기는 사람이 아니라 그게 신기해. 오해를 하다 보면 코미디가 사라진다는 말이 있는데, 우리의 경우에는 오히려 오해를 통해 만들어지는 게 아닌가 싶어. 코미디는 내 특기가 아니었거든.

　어쨌든 간에, 함께 있는 게 편하다는 것, 서로의 웃음 버튼이 쉽게, 즐겁게 눌릴 수 있다는 게 기뻐. 하루 동안 있었던 일을 세세하게 늘어놓을 때나, 함께 스토리를 브레인스토밍할 때나, 고양이를 보면서 감탄할 때나(우리 고양이는 최고지), 우리는 대화가 끊기지 않잖아. 거의 모든 시간을 함께 집에서 글 쓰고 일하면서, 매일 '저녁은 뭐 먹지?'로 고민하는데도 말이야. 언젠가는 저녁 고민에 괴로워하지 않는 날도 찾아올 거야.

　나는 어릴 때 독립해서 20년 가까이 떠돌며 살았어. 그 시간 동안 뭔가를 찾아다녔는데, 너를 찾기 전까지는 뭘 찾는지도 몰랐어. 지금은 여기 너랑 있어. 여기가 내가 있어야 할 곳이고, 내 집이야.

결혼기념일 축하해. 수없이 많은 모험, 같이 계속하자.

사랑을 담아,

피어스가

〈세 부인에게 보낸 편지 A Letter to Three Wives〉, 조지프 L. 맹키위츠, 1949.

어느 날 아침, 한 여자가 고향을 떠나며 세 명의 절친에게 편지를 보낸다. 편지는 그가 남편 중 하나와 도주한다는 내용인데, 누구의 남편과 도주하는지는 나와 있지 않다.

〈이브의 모든 것〉을 발표하기 1년 전, 조지프 L. 맹키위츠 감독은 이 격정적인 멜로드라마를 통해 고상하고 우아해 보이는 미국 교외 생활의 이면을 까발렸다. 이 영화는 격한 대화와 맛깔스럽고 영리한 디테일을 담고 있는데, 예를 들면 중요한 플래시백에서 어느 집이 계속 기차 소리에 시달리는 것 같은 장면이다.

편지를 통해 발전하는 관계와 언어 실력

경미는 우리가 함께한 생일이나 크리스마스, 기념일마다 내가 준 카드를 전부 갖고 있다. 어떤 것들은 책장에 두었고, 나머지는 정리해서 보관 중이다.

나도 경미가 준 카드들을 갖고 있지만, 솔직히 전부 어디 있는지는 모른다. 사무실 책장 어딘가, 너무 높거나 깊이 숨어 있어 안 보이는 데에 있을 거다. 나중에 찾아볼 예정이다.

경미의 꼼꼼함 덕분에 내가 쓴 카드는 전부 있고, 약간의 추리를 해서 언제 쓴 건지도 다 맞췄다.

생일 카드와 크리스마스카드가 겹치는 것 같으면, 실제로 그렇기 때문이다. 경미의 생일은 크리스마스이브다.

사랑하는 경미에게,

　다시 나야, 필수, 여기 '참, 눈
깜짝할 사이에 올해 빨리
지나갔어'라고 써여 있다는
곳에 보통 있는데 이번에 아니지?,
많은 일들이 굉장히 빠르게
일어났으니까.

　그래도 많은 잊을 수 없는 경험을 생으면서
우리 둘 다 자신에게도 서로에게도 강해졌다고
생각해. 결국 시련에 다시 부딪친 때 잘 극복할 수
있다는 말이야.

　어쨌든 내년에 다양하고 새로운 모험을 가질 것
같아서 정말 다행이네. 인내심 없이 기다릴게.

　사랑의 경미야. 몽키와 미스가가 합치면 보다
더!

　메리 크리스마스!!!

필수

Illustrated by kyenam
©todobien. made in Korea
www.todobienart.com

[Merry Reindeer]

〈프랑켄슈타인의 신부Bride of Frankenstein〉, 제임스 웨일, 1935.

"당신이 오기 전, 전 혼자였어요⋯⋯."

제임스 웨일 감독은 1931년 메리 셸리의 『프랑켄슈타인』을 각색한 동명의 작품으로 할리우드 유성 호러영화 붐의 막을 열었다. 그리고 〈프랑켄슈타인의 신부〉는 원래의 이야기를 뛰어넘는 시퀄로, 박사가 보리스 칼로프(괴물 역)를 위해 아내를 만들어낸다. 역대 최고의 호러영화 중 하나로 평가받는다.

고딕 호러가 이렇게까지 잔인한 적은 없었으며, 흑백영화가 이렇게 화려하기도 힘들다. 여기에 유머와 비극까지 더해져 영화는 더 훌륭해진다.

하지만 좀 더 깊이 파고들어보자. 감독들은 장르영화를 통해 영화적 알레고리를 가장 잘 활용할 수 있다. 동성애자인 웨일 감독은 할리우드 초창기에 이미 이 점을 잘 알았다. 호러의 아이콘일 뿐만 아니라, 원래의 남성 신랑감을 거부하는 영화 속 프랑켄슈타인의 신부는 호러영화에서 LGBTQ의 상징이 되었다.

내가 선 자리가 고향이다

대학을 졸업하고는 영화계에서 일하겠다는 꿈을 이루기 위해 로스앤젤레스로 갔다. 그러나 바라던 대로 이루어지진 않았다. 틴슬타운*에는 나 같은 사람 수백만이 있었다. 그래도 원하던 일은 아니었지만 좋은 직장에 다녔고, 친구 관계나 인맥도 좋았으며, 연애도 했다. 매일이 화창했고, 인생은 아름다웠다.

그러다 어느 날 모든 것이 날아갔다. 취업비자를 받기 위해 센추리시티의 변호사들에게 저금한 돈을 갖다 바쳤

◆ 할리우드의 별칭.

지만, 미국 비자 신๓은 만족하지 않았다. 나는 30일 내로 가신 것을 챙겨 로스앤젤레스를 빠져나가야 했다.

당시 스물다섯 살이었고 부모님과 떨어져 지낸 지 13년이 되어가고 있었는데, 돌고 돌아 다시 스위스 알프스의 구석지고 나른한 알코브에 도착했다. 한 손에 쥔 모자, 다른 한 손에 들린 캐리어, 그리고 로스앤젤레스 변호사들이 털어가지 않고 남은 몇 푼이 전부였다.

미국에 남겨둔 것은 거의 아무것도 없었지만, 미국에서 만들어놓은 것들이 나중에 나를 구해줄 줄은 몰랐다. 캘리포니아에는 영화를 사랑하는 친구들이 많았지만, 그중 누구도 한국 영화에는 눈곱만큼도 관심이 없었다(세상이 참 많이 변했다). 하지만 한국 영화에 대한 내 열정은 아일랜드에서부터 계속되었고, 미국에서는 'Modern Korean Cinema'라는 블로그를 만들어 그곳에서 열정을 분출했다. 첫 리뷰는 〈해운대〉에 대한 것이었다. 블로그는 조만간 내 인생을 완전히 다른 곳으로 쓸고 갈 해일의 신호탄이었지만 당시에는 생각도 못 했다.

로스앤젤레스에서는 일로도 바빴고 사람들도 활발히 만났기 때문에, 초반에는 정기적으로 글을 올리지 않았다. 하지만 유럽으로 돌아와 시간이 많아지면서 글을 활발히 올렸다. 너무나 놀랍게도, 사람들이 내 글을 알아보기 시작했고, 얼마 지나지 않아 나는 영국의 코번트리대학교에서 열리는 아시아 영화 콘퍼런스에 초대받았다.

은둔 생활 이후 처음 비행기를 타고 영국의 오랜 허브 공항인 루턴 공항으로 날아갔고, 웨스트미들랜즈로 가는 버스를 타기 전까지 몇 시간을 죽여야 했다. 입국장의 유일한 식당인 버거킹에 갔다.

버거와 감자튀김을 조용히, 열심히 먹고 있는데 손님 네 명이 옆 테이블에 자리를 잡았다. 언뜻 보던 중 몸이 굳어버렸다. '설마' 하고 스스로를 타이르고 다시 음식 쪽으로 고개를 숙였다.

다시 고개를 들었다. '그럴 리가' 하고 다시 숙였다. 하지만 턱에 자석이 달린 것처럼 계속 고개를 들어 옆 테이블을 보게 되었다. '아, 그 사람이다.' 하지만 그는 냅킨으로 손가락을 닦고 일어나려는 참이었다.

그와 일행은 일어나서 쓰레기를 휴지통에 버렸다. 그가 돌아봤을 때는 출구 바로 앞에 비쩍 마른 팬이 서 있었다. 나는 우상을 만날 기회를 놓치기 싫어 몸이 굳어버리는 공포를 극복했다.

그렇게 봉준호 감독을 처음 만났다.

운명을 그다지 믿지 않지만, 그 우연한 만남에 대해서는 줄곧 생각한다. 나는 몇 주 만에 큰 결정을 내렸고, 세 달 후에는 서울에 살고 있었다. 정확히는 광명시의 안양천 근처였지만, 어쨌든 서울과는 엎어지면 코 닿을 거리였다.

한국은 아일랜드, 네덜란드, 스위스, 미국에 이어 내 다섯 번째 고향이 되었다.

나에게 고향은 골치 아픈 개념이다. 하지만 머리를 짜내어 시간을 거슬러 올라가 고향을 대표하는 한마디를 생각해낸다면 그것은 아마 '치즈'일 것이다.

아, 치즈! 생각만 해도 즐거운 치즈! 하늘이 주신 황금색의, 탱글탱글하고 입에서 녹으며 달콤하고 짜릿한 맛이 나는 치즈! 물론 스위스 알프스의 자부심인 '그뤼에르 치즈'를 말하는 것이다.

나는 아일랜드에서 태어났고 아일랜드 혈통이지만, 그뤼에르 호수가 보이는 작은 마을에서 자랐다. 알프스 지역에 있으며, 세계적으로 유명한 치즈 이름도 이 지명에서 유래했다. 우리는 인구가 600명밖에 안 되는 작은 마을 중에서도 외딴곳에 살았으며, 우리 집 주변으로는 지블루산 능성이의 초원이 펼쳐졌다. 〈사운드 오브 뮤직〉의 풍경과 비슷한데, 노래 대신 워낭 소리가 들리고, 나치 대신에 오지랖 넓은 이웃들이 있었다.

나는 영어보다 프랑스어를 먼저 배웠지만 농장과 오래된 빌라들이 있는 마을에서는 이방인 같았다. 스위스는 남쪽으로는 알프스, 북쪽으로는 쥐라산맥 사이에 둘러싸여 수 세기 동안 평화롭고 독립적으로 지내오다 보니, 외지인을 혐오하는 정서가 있었다.

열두 살에는 아일랜드로 돌아가 기숙학교에 다녔지만, 아일랜드 억양도 없었고 아일랜드 문화도 잘 몰랐다. 태어난 곳인 아일랜드에서는 더 이방인 같았다.

결국 자유를 경험한 건 미국에서였다. 나는 누가 묻기 전에는 어디 출신이라고 나서서 이야기하지 않았다. 왜냐하면 로스앤젤레스 사람들은—대부분 미국의 다른 지역에서 온 사람들이다—내가 미국인이라고 생각했기 때문이다. 어느 주에서 온지는 몰라도 '아, 캐나다에서 왔겠지'라고 넘겨짚으며 알겠다는 듯 고개를 끄덕이는 사람도 있었다.

지난 11년간은 한국이 고향이 되었다. 실존적 절망감은커녕 혼자 화장실도 가시 못할 정도로 어릴 때 살았던 네덜란드를 제외하고는 어디에서든 내 정체성에 대해 혼란스러웠지만, 여기에서는 모든 것이 명확하다. 의심스러운 눈초리, 질문들이 없고, 나 또한 숨을 필요가 없다. 나는 명백히 다른 곳에서 온 사람이다.

이곳에서의 나는 어디 출신이라고 할 만한 게 없기 때문에, 한국에서의 역할 놀이가 가장 편하다.

〈설리반의 여행Sullivan's Travels〉, 프레스턴 스터지스, 1941.

할리우드 최초의 공식 '작가 겸 감독' 직함은 프레스턴 스터지스 감독이 〈위대한 맥긴티〉를 감독할 수 있게 해주는 대가로 자신의 대본을 10달러에 팔면서 스스로 만들어 붙였다. 스터지스는 위트 넘치고 매력적인 스크루볼코미디♦와 할리우드 풍자 영화 〈설리반의 여행〉으로 알려져 있다.
이것은 영화에 관한 영화이자 왜 영화가 필요한지에 대한 이야기다. 영화

♦　'스크루볼screwball'은 '괴짜' '별난' 등의 의미를 가진 속어로, 스크루볼코미디는 1930년대 미국 대공황 시기에 유행했던 코미디의 한 종류를 가리킨다. 두 남녀가 우여곡절 끝에 사랑의 결실을 맺는다는 이야기에 희극적이고 재치 있는 대사를 더한 형식이다.

감독이라고 전부 주인공인 조엘 맥크리어(존 L. 설리반 역) 같은 추진력이 있는 것은 아니겠지만(설리반은 가벼운 코미디영화를 만드는 한편, 그 안에 사회적인 메시지를 담고자 한다), 영화는 만든 사람들의 손을 벗어나 예상치 못한 방식으로 위안을 주기도 한다.

하지만 스터지스 감독은 자신이 무엇을 하고 있는지 정확히 알고 있다. 그는 웃음과 기쁨의 눈물을 자아내어 피곤한 우리 눈을 씻어준다. 그리고 우리의 눈은 경이로 가득해진다.

괴짜 감독 이상우와 나

2012년 여름, 나는 광명시의 학원강사였다. 갓 한국에 와서 신나 있었고, 덥고 습한 여름이었음에도 불구하고 영화제를 최대한 많이 갔다.

부천국제판타스틱영화제가 시작이었다. 가까워서 매일 오후에 갈 수 있었다. 주말에는 CGV 압구정에서 하는 시네마디지털서울 영화제에 가서 영화를 봤고, 사람들도 만났으며, 제천국제음악영화제에도 갔다.

어린 시절부터 내향적이었지만, 영화제에서는 '나 자신을 드러내자'는 마음이 있었다. 또 다른 다짐으로는, 영화 상영 후 질의응답 시간과 기자회견에도 참석해서

용기 내어 손을 들고 질문을 하는 것이 있었다.

하지만 이 다짐은 2013년 9월에 중단되었는데, 부산국
제영화제 기자회견에서 했던 질문이 계기였다. 그해에는
아일랜드 영화 회고전이 있었는데, 나는 아일랜드 영화
를 그다지 좋아하지 않았기 때문에 "왜죠?" 하고 물었다.

한 달 후, 해운대에 위치한 그랜드조선호텔에서 아일
랜드 영화 프로그램의 칵테일 리셉션이 열렸다. 나는 아
일랜드 대사, 더블린국제영화제 감독, 국내 기자 한 명과
이야기를 나눴다. 기자는 기자회견 때 내가 했던 질문을
기억하고 있었다—파헤쳤다는 말이 더 적절한 표현이겠
다. 나는 얼어붙은 채 슬며시 빠져나왔고, 그다음부터는
공식 석상에서 질문을 하지 않았다.

옆길로 새자면, 2012년 8월 어느 주말에 나는 제6회
이자 아쉽게도 마지막이 된 시네마디지털서울 영화제에
갔다. 영화제에는 저예산이지만 새로운 인디영화가 가득
했고, 영화 중에는 장건재 감독의 단정하면서도 엄청나
게 눈길을 끄는 〈잠 못 드는 밤〉도 있었다. 이 영화는 그
해에 나온 영화 중 내가 가장 좋아하는 영화가 되었고,
〈오징어 게임〉이 나오기 9년 전부터 나는 이 영화에서

주인공을 맡은 김주령의 팬이 되었다.

그 영화제에서 내 한국 생활의 가장 중요한 인물 중 하나인 사람도 만났다. 괴짜 독립영화 감독인 이상우다. 이상우 감독은 친구인 이현정 감독의 〈원시림〉에 조연으로 출연하기도 했는데, 〈원시림〉은 그해 시네마디지털서울 영화제 상영작이기도 하다.

나는 그의 작품을 잘 알고 있었고, 그는 이 사실에 대해 엄청 놀랐다. 나는 (제목을 잊을 수 없는) 〈엄마는 창녀다〉를 봤었고, 좋아했다. 그가 내 말을 믿지 못해서, 휴대폰을 꺼내 내 블로그의 '2011년 한국 영화 Top 10' 글을 보여줬다. 그 영화는 거기에서 9위였다.

얼마 지나지 않아 그는 나를 홍대로 불렀고, 우리는 같이 고기와 술을 먹었다. 당시 홍대는 그의 주 활동지였다. 그는 친절하게도 고기를 구워주고, 소주잔을 계속 채워주고, 계산까지 했다. 그날의 자리는 길었고, 둘이서 소주 열한 병을 마셨다(내 최고 기록이지만, 절대 깨고 싶지 않다). 나는 만취 상태로 택시에 실려 광명에 있는 집에 갔다. 그날 밤 나는 휴대폰을 잃어버렸고(택시에 두고 내렸다), 3일 동안 지독한 숙취에 시달렸지만, 오랜 우정을 얻었다.

그 후로 우리는 주기적으로 만나 저녁 술자리를 가졌고(다행히 첫 번째 술자리보다는 훨씬 적게 마셨다), 사는 이야기나 새로 나온 한국 영화 이야기를 했다. 가끔 그는 한국 영화에 대해 쓰는 것 말고 제작에도 관심이 있는지 물었다. 나는 "그럼, 언젠가는"이라고 희망 섞인 대답을 했다.

몇 년 후 그 질문은 "내 영화를 제작하는 건 어때?"가 되었다. 나는 경험도 없고 한국어도 서툴기 때문에 그의 제안에 많이 놀랐고, 농담이냐고 되물었다. 그는 하다 보면 될 거라고 나를 안심시켰다. 그렇게 나는 한국 영화 프로듀서가 되었다.

'프로듀서'는 그 당시에 내가 한 일에 비해 과분한 직함이었다. 처음에는 명예 영업 에이전트였는데 영화를 많이 팔지는 못했다. 내가 할 수 있는 일이라고는 영화제에 그의 작품을 들고 가는 일뿐이었다. 미국 텍사스 오스틴 판타스틱페스트에 〈나는 쓰레기다〉를 가져간 것을 시작으로, 스페인 카탈루냐 시체스영화제에 〈친애하는 지도자동지께〉를 출품하기도 했다.

시간이 지나면서 내 역할은 점점 무거워졌다. 우리는

아이디어를 함께 브레인스토밍하고, 이를 영화 프로젝트 시장(보통 영화제 중간에 업계 사람들에게 영화 기획을 발표하는 행사다)에 내놨다. 내놓은 아이디어 중 하나가 〈식인 할멈〉인데, 내가 대본을 썼고 부천국제판타스틱영화제 아시아 판타스틱 필름 네트워크 행사에서 발표하게 되었다. 내 한국어 실력이 늘면서 현장에서 프로듀싱도 하게 되었고, 태국에서 찍은 〈워킹 스트리트〉에서는 성매수자로 짧게 출연하며 배우로도 데뷔했다.

나는 이상우 감독 같은 사람을 본 적이 없다. 그는 아주 열정적이면서 의리 있는 사람이며, 어머니와 주변 사람들을 끔찍이 챙긴다. 그는 주변 사람들이 필요할 때 항상 곁에 있어준다. 영화감독으로서는 불굴의 의지를 지녔는데, 많이 듣지만 실제로 보기는 힘든 유형이다.

그는 영화 만드는 것을 제일 좋아해서, 현실적인 부분을 고려하지 않고 촬영장에만 붙어 있으려 한다. 그것 때문에 가끔 화가 날 때도 있다. 나는 그가 스스로를 너무 쉽게 내던지는 점이 걱정되었다. 그러다 어느 순간, 더 이상 나도 구경꾼이 아니라는 것을 깨달았다. 나도 동경하던 그의 영화의 일부가 된 것이다. 이상우 감독의 독특한 세계에 어느새 나도 들어가 있었다.

〈바비〉나 〈더티 로맨스〉처럼, 이성우 감독의 영화는 더럽고 가끔은 뒤틀려 있다. 그의 영화들은 가족에 관한 이야기이며, 가족의 관계가 얼마나 강하고 이상하며 파괴적일 수 있는지를 보여준다. 어떤 사람들은 그의 영화를 보고 잔혹하다고 느끼겠지만, 그는 자기가 보는 세상을 약간의 과장만 보태서 그려낸 것이다.

그의 영화는 예측하지 못한 아름다움으로 가득하다. 거의 모든 영화에 인물들이 가장 어두운 순간에 이르렀음에도 불구하고 신나게 춤을 추며 그 고통을 가볍게 털어버리는 환상적인 신이 있다. 이창동 감독의 〈오아시스〉에서 설경구(홍종두 역)와 문소리(한공주 역)가 코끼리와 춤을 추는 장면하고 유사하다.

그는 세상의 쓰레기를 직시하고, 그 속에서 뒹굴지만, 항상 그 안에서 아름다움을 찾아낸다. 그는 쓰레기다. 나는 쓰레기다. 우리 모두 쓰레기다. 그는 그래도 괜찮다고 우리에게 말해준다.

〈나는 쓰레기다 I am Trash〉, 이상우, 2014.

붕괴된 가족에 대한 뼈아픈 이야기로, 이상우 감독 자신이 주연을 맡았다. 강렬함과 예민함이 역설적으로 완벽하게 녹아들어, 그의 작품 세계를 타협 없이 보여준다.

이 감독은 환경미화원(뒤틀려 있으면서도 직설적인 은유다)으로 나오는데, 그는 가족을 지탱하려 한다. 이때의 가족은 감정적으로 문제가 있는 동생 둘과 성범죄로 감옥에서 형을 살다 갓 출소한 아버지다.

〈나는 쓰레기다〉는 생각할 수 있는 모든 성적 금기들을 탐색하지만, 금기의 충격이 결코 영화의 예민함을 가리지 않는다.

마력馬力과 어린 시절의 냄새

나는 영화관에서 우는 게 좋다. 그래서 영화를 볼 때 펑펑 우는 걸로 유명하지만, 정작 울음 포인트에서는 잘 안운다.

울음이 나올 만한 곳에서 딱 눈물이 흐르는 때도 있다. 〈인터스텔라〉에서 아버지 쿠퍼 역의 매슈 매코너헤이가 딸을 두고 떠나는 가운데 로켓 발사 카운트다운 컷이 삽입된 시퀀스나, 아니면 딸이 다 커서, 수십 년 전에 떠난 아빠에게 영상을 통해 뼈 있는 메시지를 남기는 장면 같은 때다.

하지만 나는 감정보다는 테크닉에서 눈물이 잘 터진

다. 시각, 음악, 움직임이 결합해 강렬한 무언가가 나올 때 운다. 옥자가 명동의 지하 아케이드에서 날뛸 때, 〈백만불의 인어〉에서 에스더 윌리엄스(애넷 켈러먼 역)가 싱크로나이즈드 수영 쇼를 하는 장면 같은 것을 보면 눈물이 난다.

요즘에는 영화에서 어떤 장면을 보고 나서, 나중에야 그게 무슨 장면이었는지 알게 될 때 운다. 몇 년 전에 〈주디스 헌의 외로운 열정The Lonely Passion of Judith Hearne〉을 봤는데, 데임 매기 스미스(주디스 헌 역)가 우울하게 사는 노처녀로 나온다. 주디스는 상류층 사람이었지만, 그 생활이 맞지 않아 하숙집에 살며 낮에는 피아노를 가르치고, 밤에는 술에 의지해 잠든다.

그 영화를 보면서 많이 울었다. 예상하듯이, 어머니가 생각나서다.

최근에는 페데리코 펠리니 감독의 〈달콤한 인생〉을 처음으로 봤다(처음부터 끝까지 다 본 게 처음이라는 말이 정확하겠다). 영화 전부가 좋았지만, 기자 마르첼로 루비니 역을 한 마스트로이안니가 아버지를 데리고 밤에 놀러 나간 장면이 제일 감동적이었다.

또다시, 나는 아버지 생각이 나서 엉엉 울었다.

나에게도 영화와 비슷한 일이 있었다. 몇 년 전에 이탈리아 우디네 극동영화제에 간 적이 있었는데, 화려한 궁전 파티에서 아버지와 닮은 나이 든 웨이터를 만났다. 파티가 끝날 때쯤에 나는 취했고, 돌아가는 길에 웨이터를 만나 구겨진 20유로짜리 지폐를 손에 쥐여주었다.

왜 그렇게 했는지는 잘 모르겠다. 그에게서 아버지의 모습을 본 뒤 죄책감, 후회가 뒤섞여서? 그런 것 같다. 하지만 순진했던 그 순간을 떠올릴 때마다 얼마나 쓰라리게 부끄러운지는 확실히 안다.

무슨 일이 일어나고 있는 걸까? 부모님을 40년 가까이 잘 알고 있지만, 왜 영화에서나 영화 밖에서 기억의 유령이 찾아올 때만 반응하는 걸까?

나는 적어도 어느 정도는 부모님이 나이 들었고, 내가 아주 멀리 산다는 사실에 괴로워한다는 것을 깨닫기 시작했다. 부모님은 73세가 되었고 나이에 비해 굉장히 건강하지만, 나는 외동이고 부모님을 자주 못 만난다.

부모님은 나랑 아주 다르다. 아일랜드 가톨릭으로 태

어났고, 태어났을 때는 제2차 세계대전의 잔재가 남아 있었다. 성인이 되던 시기에는 더블린에서 변혁의 1960년대Swinging Sixties를 맞았다. 세계가 격변하는 시기였고 서구권의 다른 나라들은 이 변화를 적극적으로 받아들였지만, 아일랜드는 굳건히 보수적인 태도를 지켰다. 내 부모님 세대는 그 전 세대처럼 남녀 간의 교제가 자유롭지 않은 분위기에서 자랐다.

어린 시절을 돌이켜보면, 그들을 묶어준 것 한 가지가 생각난다. 바로 마력이다. 아버지에 대한 기억은 그 시절의 냄새들로 가득하다. 구두약과 향수 냄새도 있지만, 자동차 오일 냄새가 제일 강하다. 아버지는 차고에서 끊임없이 자신이 젊은 시절 타고 다녔던 차들을 고쳤다. 재규어, MG, 트라이엄프 같은 차들 말이다. 이건 아직도 변함없다.

아버지의 취미가 단위로 따져서 몇백 마력짜리라면, 어머니는 1마력짜리 취미에 정착했다. 그 말은 한동안 피네트Finette라고 불리다가, 나중에는 파라Farah가 되었다. 어머니를 생각하면 승마화의 가죽 냄새, 스위스 시골에서 엄마의 지프를 타고 다닐 때 나던 고약한 마구간 냄새가 떠오른다. 어머니의 바지에 밴 마구간 냄새가 다시 차에까지 스며들었다.

그 나이 때 나한테서 나던 냄새들은 말하지 않겠다. 하지만 우리 집 냄새는 고약했다고 해두자.

부모님은 둘 다 삼십대 초반에 담배를 끊었지만, 우리 집에는 연기 냄새도 많이 났다. 겨울에는 벽난로에서 날아오는 나무 냄새가 났고, 여름에는 테라스 문을 통해 들어온 숯과 고기 타는 냄새가 났다. 시원한 봄이나 가을 저녁에는 저녁을 다 먹고 나면 아버지가 좋아하는 쿠바 시가 코히바Cohiba 냄새가 코를 찔렀다.

나도 옛날에는 운전도 하고 말도 탔지만 지금은 하지 않는다. 인생의 대부분을 부모님과 수백, 수천 마일 떨어져 지냈지만, 부모님이 남들과 좀 다른, 현실적이지는 않은 길을 택한 지금의 나를 멀리서도 자랑스러워하면 좋겠다.

십대에는 영화와 건축 두 가지를 다 하고 싶었다. 둘 다에 아주 관심이 많았지만, 하나는 열정의 진로였고 하나는 현실적인 진로였다. 아버지는 뼛속까지 엔지니어였기 때문에 건축을 하라고 했지만, 나는 결국 T 자와 원근법 스케치들을 치워버렸다. 아버지는 그에 대해 불만이 있었지만 내가 하는 대로 두었고, 나는 항상 그걸 고맙게 생각한다.

사실 부모님 둘 다 나에게 뭘 하라고 세게 밀어붙인 적이 없다. 부모님은 나를 세상에 놓고 내가 실수하며 살아가는 것으로도 행복해했다. 나는 친구들과 오랫동안 산에 가 있기도 했고, 근처의 숲에서 낡은 연장들로 나무집을 짓기도 했다. 당연히 친구들끼리였고 지켜보거나 감독하는 어른은 없었다.

어머니는 내가 어릴 때 책에 흥미를 갖게 해줬고, 요리도 가르쳐줬다. 아버지는 기본적인 전기 작업을 알려줬다. 내가 독립해서 스스로 해나갈 수 있는 준비 도구들일 뿐이었다.

그리고 나는 집을 떠났다. 처음에는 아일랜드 기숙학교로 갔고, 그다음엔 대학, 그러고는 점점 멀리, 멀리 가서 지금의 한국까지 왔다.

부모님과는 아주 잘 지내고 있고, 그 어느 때보다도 더 사이가 좋다. 하지만 이야기를 자주 하진 않는다. 때마다 다르지만, 보통은 한 달에 두 번 정도 통화하는 것 같다. 어머니는 더 자주 연락하면 더 좋아할 거다. 경미와 부모님의 관계와 아주 다르다. 경미는 부모님과 매일 통화하고 몇 주에 한 번씩 만난다.

하지만 나는 부모님과 항상 이랬…… 아, 전화 좀 해야겠다.

〈타임 위드아웃 피티Time Without Pity〉, 조지프 로지, 1957.

나는 조지프 로지 감독의 팬이고, 그의 작품 중 〈하인〉(〈기생충〉에 영향을 준 영화)을 최고로 꼽는다. 하지만 내가 그의 영화 중 제일 좋아하는 작품은 사람들이 많이 거론하지 않는 것이다. 이 작품은 캐나다의 알코올의존자가 런던에서 아들이 사형대로 가기 전 남은 하루 동안 아들의 무죄를 증명하기 위해 애쓰는, 조마조마한 스릴러다.

마이클 레드그레이브(데이비드 그레이엄 역)가 똑똑하고 독특한 아마추어 형사이자, 편집증과 후회로 가득한 인물로 나온다. 영화를 보다 보면 미스터리의 핵심으로 가는 것 같지만, 로지 감독이 정말 중요하게 생각하는 것은 영화 속 무너진 인물들의 핵심으로 다가가는 것이다. 그리고 그는 이 작업을 아주 성공적으로 완수했다.

아이언맨을 만났을 때

길고 외로운 팬데믹 동안, 나와 친구 몇몇은 온라인 북클럽을 시작했다. 홍콩에 있는 제임스, 런던의 에브림, 그리고 나까지 셋이었다.

우리는 영화제에서 알게 된 사이다. 이 북클럽은 우리끼리의 시네필 귀족 모임 같은 것이지만 사실 우리는 단지 살아남기 위해 안간힘을 쓰는 프리랜서들일 뿐이다. 칸의 항구에 정박한 요트를 바라볼 수는 있지만, 요트를 타자는 초대는 못 받는다.

우리 셋은 돌아가며 책을 고르고, 시간대를 맞춰 한 달에 한 번 만난다. 책은 특정 장르에 국한되지 않는다. 전기, 여행기, 자기계발서, 영화를 소설화한 책은 물론 옛날 고전, 오래된 소설, 최신 베스트셀러까지 읽는다.

몇 년 전 내 차례가 왔을 때, 나는 비엣 타인 응우옌의 퓰리처상 수상작인『동조자』를 골랐다. 상을 받아서 고른 것은 아니었다. 일주일 전, 바로 박찬욱 감독이 이 책을 바탕으로 할리우드 드라마를 감독한다는 발표가 있었기 때문이다. 제작사는 HBO와 A24였다.

거의 2년 후, 나는 소설의 베트남 배경을 촬영한 태국의 〈동조자〉 세트장에 있었다.

경미와 나는 결혼 5주년을 맞아 태국에 가고 싶었다. 그리고 경미는 박찬욱 감독의 새 프로젝트를 함께하고 있었는데, 박찬욱 감독이 마침 태국에서 촬영 중이었다. 겸사겸사, 가방을 싸고 행운을 빌며 출발했다.

그동안 운이 좋아 여러 영화 및 드라마 촬영장에서 일을 하거나 방문해봤다. 태국 촬영 현장(이상우 감독의 〈워킹 스트리트〉)에서 일한 적도 있다. 하지만 이번은 완전히 달랐다. 할리우드 작품 촬영장은 처음이었고, 박찬욱 감독을 사석이 아니라 일할 때 봤다는 점에서 더 기억에 남았다.

대체로 미국적인 촬영장에서, 사람들은 박찬욱 감독을 '마스터'라고 불렀지만 '찬욱'이라고 부르기도 했다. 촬영장에 있던 사람 중 하나는 박찬욱 감독의 영어 이름 앞 글자 'PCW'를 따서 '피시덥스pee-see-dubs'라고 부르기도 했다.

서양 문화에서는 이것이 예의 없는 행동이 아니다. 하지만 한국에 10년 동안 있다 보니, 그리고 박찬욱 감독의 위치를 생각할 때, 사람들이 그를 '찬욱'이라고 부를 때마다 목뒤에 소름이 돋았다.

말이 나온 김에 덧붙이자면, 한국 촬영장이나 모임에서의 소통은 존댓말 때문에 약간 헷갈린다. 한국 영화계에서는 감독 의자에 앉은 사람뿐 아니라 다른 파트의 책임자들을 모두 '감독'이라고 한다. 촬영감독이나 예술감독 같은 식으로 말이다.

가끔 나는 경미와 경미의 감독 친구들과 저녁 시간을 보낸다. 누군가를 부르려 할 때마다 난처한데, 모두 다 호칭이 같기 때문이다. 나는 부르고 싶은 사람을 가만히 쳐다볼 뿐이다. 하지만 그럴 때는 보통 대화가 다음 주제로 넘어가버린다.

촬영시가 세속 바뀌고 시간이 촉박해저도, 빅찬욱 김독의 침착한 분위기는 바뀌지 않았다. 그가 준비를 잘했기 때문인 면도 있었을 것이다. 나는 그의 프로덕션 아트와 로케이션 북을 살짝 들춰볼 기회가 있었는데, 내 팔보다 두꺼웠고 그 안에는 세부 사항이 빼곡했다.

이런 디테일은 리허설에서도 쉽게 볼 수 있었다. 그는 배우들의 연기에서 세세한 부분까지 잡아주면서, 배우가 영화 속 인물이 되는 과정을 수월하게 해주었다.

우리는 이 드라마의 주인공 중 하나인 로버트 다우니 주니어도 만났다. 만났다는 말은 조금 과장이겠지만, 분명 그도 우리를 봤다. 카메라 교체를 하는 동안 그는 드라마의 프로듀서 중 하나이자 그의 아내인 수전과 모니터 쪽으로 왔다.

박찬욱 감독은 다른 곳에 있었기 때문에, 그에게 우리를 소개해줄 사람은 없었다. 다우니 주니어는 모니터 주변에 모인 다른 제작진들과 수다를 떨었다. 그러다가 나를 쳐다봤다.

그는 턱을 아내 쪽으로 살짝 돌려 끄덕이며 "저는 밥,

여기는 제 아내 수전이에요"라고 넌지시 말했다. 나는 어색하게 고개를 끄덕이며 웅얼거렸다. 그는 눈썹을 치켜뜨며 동료들에게로 시선을 돌렸고, 우리는 그의 세계에서 사라졌다.

경미도 그가 있던 10분 동안 완전히 굳어버렸다. 그 10분은 한 시간처럼 길게도, 1분처럼 짧게도 느껴졌다. 그가 가기 전까지 나는 경미가 얼어붙은지도 몰랐다.

우리는 그렇게 아이언맨을 만났다.

이때가 푸껫에서의 마지막 촬영이었다. 다음 촬영지는 북쪽으로 차로 몇 시간 거리인 카오락이었다.

우리는 한밤중에 리버풀 축구팀 장식이 가득한 박찬욱 감독의 미니밴을 타고, 폭풍을 뚫고 울퉁불퉁한 길을 달렸다. 하늘이 뚫린 것 같았다. 우리는 천둥 번개가 치고 비가 쏟아지는 사이로 휘청이며 날아가는 나무 화살 같았다.

미니밴 안은 무거운 침묵이 흘렀다. 차 안은 대자연의 분노가 더 크게 느껴지는 반향실 같았다. 나는 〈올모스트 페이머스〉 속 비행기가 추락할 위기에 놓인 장면이 떠올랐다. 캐머런 크로 감독이 로큰롤에 바치는 영화인 이 작품에서 패트릭 후짓은 젊고 열정적인 기자로 나온다. 영화에서 후짓은 유명 록밴드의 투어를 따라다니며 취재를 하는데, 나도 영화처럼 내 우상들과 함께였다. 하지만 이게 마지막일까? 나는 '이게 진짜 마지막이면, 이것도 나쁘진 않네'라고 생각했다.

다행히 우리는 아침에 카오락에 도착했다. 구름은 사라졌고 해가 빛나며 우리의 결혼기념일과 촬영장 방문 그리고 휴가의 빛나는 막바지를 비춰주었다. 10주년에는 어딜 가게 될까?

〈화려한 외출A Splendid Outing〉, 김수용, 1977.

나는 한국 옛날 영화 중 1970년대 영화들을 가장 좋아한다. 암울한 시기였고, 내가 당시에 있던 일들을 겪지 않은 것은 다행이지만, 그 시절이 만들어낸 영화에 파묻히는 것을 좋아한다. 특히 검열을 피해 민감한 주제를 교묘하게 가린 감독들의 영화를 즐겨 본다.

당시의 인상적인 섬 배경 영화들, 예를 들면 김기영 감독의 〈이어도〉와 임권택 감독의 〈신궁〉은 한국 고전영화의 최고 작품들이다. 하지만 이 시대 섬 영화 중 가장 훌륭한 작품은 김수용 감독의 〈화려한 외출〉이다. 고故 윤정희(〈시〉)가 대기업 총수로 나오며, 바닷가 마을에 갔다가 납치되어 섬에 팔려간다.

한 손엔 여러 가지 명함,
한 손엔 고양이 배변 상자

나는 내 IMDB 필모그래피가 뿌듯하다. 내가 작업한 것들은 여기저기 흩어져 있기 때문에 꾸준한 일로 이어지진 않지만, 업계에 10년 이상 있다 보니 다양한 직함을 갖게 되었다.

이력서를 버리고 새로운 명함을 맞춰야 할 것 같다. 명함에는 이름과 함께 "모든 것을 다 하지만, 완전히 정복한 분야는 없음"이라고 적혀 있을 것이다.

나는 자막을 번역하거나 검토했고, 배급 컨설팅, 배우들의 외국어 대사를 위한 대화 코치로도 일했으며, 몇몇 "감사 인사"에도 나왔다. 연기도 (엉망이지만) 했고, (사람들이 거의 안 본) 영화도 제작했으며, (아직 제작되지 않은) 대본도 썼다.

하지만 최근의 작업이 가장 자랑스럽다. 바로 '배우 매니저'다.

나는 한국 영화계에서 가장 멋진(그리고 귀여운) 배우의 자랑스러운 에이전트다. 그는 내 하나뿐인 고객이며, 나는 그의 모든 것을 관리한다. 그가 먹는 일, 규칙적으로 운동하는 일, 뒤처리까지 모두 내가 담당한다. 대신 나는 그의 수입 전부를 갖는다. 그렇다고 내가 탐욕스러운 건 아니다. 나는 우리가 버는 모든 돈을 사료와 병원비로 재투자한다.

그의 이름은 미슈까다. 지금까지 세 편의 영화에 출연했다. 출연작은 〈외계+인〉 1, 2부와 〈유령〉이다.

미슈까가 첫 배역을 맡을 때는 오디션을 봐야 했다. 상암동에 있는 시각효과 회사 덱스터 스튜디오의 본사를 방문해, 수백 개의 카메라 렌즈가 향하는 테이블 위에 놓기도 했다.

오디션은 간단해 보였다. 고양이들은 카메라가 장면을 찍는 동안 가만히 앉아 있으면 되었다. 2단계는 고양이를 불러 테이블 한쪽에서 반대편으로 걷게 하는 것이었다. 참가자들은 대부분 여기서 애를 먹었다. 하지만 미슈까는 내가 부를 때마다 총총걸음으로 걸어왔다. 그는 배역을 땄다.

〈유령〉에서는 사진 액자에만 등장했다. 콧수염이 있는 천은호 계장 역을 한 서현우가 아끼는 고양이 하나짱 역할이었다. 영화 줄거리상 많은 관객이 하나짱이 어떻게 되는지를 걱정했다.

결말을 만드는 건 우리가 아니라 이해영 감독이 할 일이고, 경미와 나는 인스타그램 계정을 만들어 현실에서 미슈까가 잘 지내는 모습으로 사람들을 안심시키기로 했다.

〈유령〉 개봉 전, 이해영 감독은 나에게 영화 크레디트에 어떻게 올라가고 싶은지 물어보았다. 나는 확고히 '고양이 훈련사cat wrangler'라고 대답했다. 하지만 내 대답대로 되진 않았고, 나는 '미슈까 매니저'가 되었다.

'훈련사'는 영화 촬영장에서 동물을 훈련하고 돌보는 사람이다. 내가 '고양이 훈련사'라는 크레디트를 원했던 이유는 어감이 좋기 때문이었다. 하지만 진짜 이유는, 그

일이 매력적이고 엄청나게 존경할 만하다고 생각하기 때문이다.

사실 나는 고양이 훈련사라기보다는 '고양이를 기르는, 제작진의 친구'다. 훈련사는 아주 어려운 직업이다. 촬영장의 환경은 녹록지 않고, 동물에게 불편하다. 명령을 잘 따르도록 훈련된 동물이라도(고양이냐 개냐에 따라 훈련 방식도 다르다), 수십 명이 분주하게 소품과 장비를 들고 움직이는 소란스러운 촬영장에서는 쉽게 겁먹는다.

영화사에서 가장 유명한 고양이는 '오렌지Orangey the Cat'다. 오렌지는 (누가 봐도) 태비이고, 1950년대 여러 영화와 드라마에 출연했다. 그는 팻시PATSY 상(동물 계의 오스카상이다)을 두 번 받은 유일한 고양이다.

오렌지는 〈티파니에서 아침을〉에도 출연했지만, 나는 〈놀랍도록 줄어든 사나이〉에서 '펀치' 역으로 나온 것이 가장 좋다. 펀치는 1950년대 평범한 교외에서 평범한 부부와 함께 사는 평범한 고양이다. 하지만 보호자가 '놀랍도록 줄어든 사나이'가 되면서, 펀치는 거대 괴물이 된다. 보호자의 크기가 줄어들수록 펀치는 더 거대한 괴물이 된다. 〈쥬라기 공원〉에서 티라노사우루스가 지프차와 건물 사이를 헤집고 다니기 40년 전, 오렌지는 맥주잔 정도 크기가 된 주인공의 새로운 집인 인형의 집에 발톱을 들이민다.

여러 영화 속 오렌지의 모습은 굉장한데, 이 모든 것을 가능하게 한 훈련사에 대한 언급은 없다. 우리는 영화 뒤에 있는 사람들을 너무 쉽게 잊는다. 그래서 훈련사들이 ─흔치 않게─ 영화에 등장하면 나는 아주 신이 난다. 최근 영화 중 두드러지는 사례는 조던 필 감독의 〈놉〉일 것이다. 하지만 최고는 두말없이 새뮤얼 풀러 감독이 인종주의를 신랄하게 꼬집은 우화 〈마견〉이다.

이 영화는 현실에서 고생하는 여배우가 흰 셰퍼드 유기견을 차로 치게 된 후 입양하는 이야기다. 그는 입양 후에 개의 공격성을 발견하고 개를 할리우드 동물 훈련 센터로 데려간다.

그는 여기서 끔찍한 사실을 알게 된다. 그 개는 그냥 사나운 개가 아니라, 인종주의자가 키우며 흑인을 공격하도록 키운 '백견(마견)'이다. 다들 불가능하다고 하지만, 흑인 훈련사 키스(폴 윈필드가 멋지게 연기했다)가 이 개의 인종차별적 공격성을 지우려고 한다.

나는 키스가 아니지만, 미슈까는 다행히 공격성이 없다. 만약 훈련사가 있다면 경미가 우리 집의 실제 훈련사다. 경미는 미슈까가 간식을 먹을 때 앞발을 주도록 훈련시켰다.

미슈까는 현재 은퇴했지만, 여지는 있다. 어느 날 오렌지가 맡았던 것들 정도로 가치 있는 배역이 있다면 떠밀리듯 컴백할지도 모른다.

〈고양이를 부탁해Take Care of My Cat〉, 정재은, 2001.

2000년대 여성 감독의 영화 중 큰 주목을 받은 작품이 2001년 10월에야 나왔다는 것을 생각하면 충격이다. 그 영화는 바로 〈고양이를 부탁해〉이며, 정재은 감독이 젊은 여성들의 우정을 생생하고 풋풋하게 그렸다. 2000년대 초반 최고의 한국 영화 중 하나이기도 하다.

다섯 명의 젊은 여성이 성인이 되어가는 과정을 그린 이 영화의 배경은 칙칙한 산업도시 인천이지만, 영화는 밝고 화사하다. 극중 가장 밝은 인물은 배두나(유태희 역)로, 전작인 봉준호 감독의 〈플란다스의 개〉와 후속작 박찬욱 감독의 〈복수는 나의 것〉과 마찬가지로 독특하고 인상적인 역할을 맡았다.

알쏭달쏭한 한국 고층아파트와
부동산의 세계

나는 스위스 시골에 있는 집에서 자랐다. 지금은 아파트에 산다.

성인이 되어서는 더블린, 뉴욕, 로스앤젤레스 등을 옮겨 다니며 이런저런 아파트에 살았는데, 한국의 아파트는 완전히 달랐다. 아파트라는 말의 뜻조차도 다르다. 아내와 경기도 고양시로 이사하기 전까지는 성신여대와 해방촌 근처 원룸이나 투룸에 살았는데, 이 동네들에서는 아파트 건물이 하늘로 솟지도, 빛바랜 파스텔 톤의 성냥갑 같거나 큰 건물이 해를 가리지도 않았다.

내가 이전에 살았던 집들을 부동산에서는 빌라라고 부

른다. 영어로는 스위스에 있는 시골집 같은 것이 빌라다. 로마 시대의 큰 주택을 빌라라고 불렀는데, 한국의 빌라가 어떻게 빌라가 되었는지는 아직 잘 모르겠다.

한국의 부동산으로 돌아와서, 건물에 외국어로 된 그럴싸한 이름을 붙이는 것은 아주 중요하다. 고상한 시늉을 하는 이름일수록 더 좋다. 유럽어 가운데 럭셔리한 의미를 조금이라도 담고 있는 말들을 덧붙여서 '래미안 라클래시' '아크로 루센티움' 같은 이름이 탄생한다. 한국의 다른 것들과 마찬가지로, 아파트에서도 브랜드가 가장 중요하기 때문이다.

사실 나는 한국 빌라가 싫지 않다. 바퀴벌레가 나올 때도 있고, 단열이 잘 안 되고, (차가 있다면) 주차 공간도 부족해서 골치가 아프지만, 언덕에 빌라가 늘어서 있는 모습은 한국 도시의 매력 중 하나다.

많은 빌라가 1970년대부터 시작한 경제발전 과정에서 해체되었고, 그러면서 현대 한국 도시들은 회색 아파트 단지와 우중충한 거리로 뒤덮여 끔찍할 정도로 단조롭게 변화했다. 뚜렷한 사계절 덕분에 생동감을 지니고 있는 이 도시는 계절이라는 옷마저 없었다면 우울하고 밋밋할 것 같다.

좋든 싫든, 한국의 건축은 한국 영화의 서사에서 큰 부분을 차지한다. 특히 사회계층을 나타낼 때 중요해진다. 김기영 감독의 〈하녀〉부터 봉준호 감독의 〈기생충〉까지, 영화 속 주거 공간은 사회계층을 굉장히 잘 드러내는 은유로 쓰여왔다.

가장 좋아하는 한국 영화를 떠올리고 영화의 배경이 되는 곳을 생각해보자. 한국인의 대부분이 아파트에 살지만, 한국의 일반적인 아파트가 떠오르진 않을 것이다. 그 이유 중 하나는 한국 영화가 사회에서 가장 부유한 계층이나 극빈층에 집중하기 때문이다. 영화에는 저택이나 펜트하우스에 사는 부자가 나오거나, 반지하나 판잣집에 몰려 사는 빈곤층이 나온다.

부자들의 집과 가난한 사람들의 집 중간에 특색 없이 규격화된 중산층 아파트가 있다. 네모난 방에 밝은 형광등, 검은색 가죽 소파와 희거나 크림색 벽. 하지만 이런 것들은 영화에 등장하지 않는다.

할리우드에서 중산층에 관한 이야기를 만들려 한다면 훨씬 운이 좋다. 테크니컬러 영화 〈순정에 맺은 사랑〉 부터 SF 호러 드라마 〈기묘한 이야기〉까지, 깔끔하게 깎은 잔디와 흰 나무 남장이 온갖 이야기의 배경이 되어준다.

한국 작품에 아파트가 등장할 때는 낡고 버려진 아파트가 나온다. 허정 감독의 반전 미스터리 호러 영화 〈숨바꼭질〉이나 괴물이 등장하는 드라마 〈스위트 홈〉이 그렇다. 깜빡이는 전등과 곰팡이 핀 벽지 덕에 시각효과는 좋지만, 장르가 호러나 스릴러로 제한된다.

평범한 아파트에서 일어나는 이야기라면, 세트 디자인에 엄청나게 신경을 써서 단조로움에서 벗어나려 한다. 박찬욱 감독과 종종 함께 작업한 미술감독 류성희는 무늬가 강한 벽지를 사용하는 것으로 잘 알려져 있고, 〈올드보이〉부터 〈헤어질 결심〉 그리고 드라마 〈작은 아씨들〉까지, 한국 영화만의 독특한 시각적 특성을 만들어냈다.

물론 요즘의 아파트들도 등장하지만, 사는 곳에 따라 인물의 계층이 뚜렷이 구분되는 장치로 사용될 때만 기억된다. 다시 〈숨바꼭질〉로 돌아가보면, 영화는 허름한 아파트에서 힘들게 사는 사람들과 고급 신축 아파트에 사는 부잣집의 이야기를 다룬다. 부동산은 한국 사회에서 계층을 가르는 궁극의 척도이며, 〈숨바꼭질〉의 도입에서 남의 집에 몰래 들어가 사는 가족에 대한 도시 괴담은 계층 이동 욕망의 강력한 알레고리가 된다.

마찬가지로, 좀비물인 〈해피니스〉에서도 현대식 아파트에서 계층 간의 치열한 투쟁이 일어난다. 드라마에는 높은 층에 사는 일반 분양 입주자들과 당첨을 통해 낮은 층에 임대로 입주한 사람들이 나온다. 이들 간의 충돌은 좀비들과의 싸움보다 훨씬 더 치열하다.

한편으로 주류 영화에는 깔끔한 요즘 아파트가 잘 안 나오고 기억에도 안 남는 반면, 독립영화에는 많이 등장한다. 한국의 독립영화는 사회문제를 많이 다루고, 독립영화의 감독들도 대개 중산층이어서, 감독 자신의 집이 영화에 자주 나온다. 장건재 감독의 자전적 이야기 〈잠 못 드는 밤〉과 김보라 감독의 〈벌새〉에는 현대 한국의 주거생활이 어떤지를 사실적으로 보여주는 장면들이 나온다.

나는 한국 영화의 팬으로 산 지 15년이 지나고 한국 아파트로 이사했다. 박찬욱 감독의 영화를 좋아하지만, 그렇게 눈에 띄는 벽지를 바른 집에서는 편하게 숨 쉴 수 있을지 잘 모르겠다. 대신 책과 영화 포스터를 넣은 액자로 밋밋한 벽지를 가리려고 최선을 다했다. 하지만 요즘은 마음이 불인해지고 있다. 다시 주택에 살 수 있을까?

종종 주택의 계단에서 떨어지는 악몽이나, 계단을 오르는 꿈을 꾼다. 내 꿈에 나오는, 계단이 있는 집에서 살고 싶다.

〈유리 감옥Tras el cristal〉, 아구스티 빌라롱가, 1986.

스페인의 숨은 보석 같은 영화다. 이 영화는 스페인에 숨어 지내는 나치 전범의 이야기를 미친듯이 잔혹하면서도 거침없이 독창적으로 그렸다.

나치 전범으로서 이미 끔찍한 범죄를 저지른 주인공은 그것도 모자라 소년들을 강간하고 연쇄살인을 저지른다. 하지만 이야기는 피해자 중 하나가 쓰러져가는 외딴 저택에서 인공호흡기에 의존해 연명하는 그를 돌보면서 시작된다.

영화 내용은 받아들이기 힘들고, 어떤 관객에게는 지나치게 불쾌할 것이다. 하지만 이 영화는 잊지 못할 푸른색과 저택의 홀, 곳곳을 훑는 카메라 움직임 등으로 매혹적인 영상미를 자랑한다. 그래서 고통스럽지만 이상하게도 몰입하게 된다. 박찬욱 감독에 비하면 더 잔혹하고 덜 세련되긴 했지만, 이 영화를 처음 봤을 때 나는 그의 영화를 떠올렸다.

'고요한 아침의 나라'의 소리

오늘 아침 동네에 사이렌이 울려, 평화로운 6월 아침의 정적을 깼다. 북한의 발사체 때문이나 긴급 상황, 혹은 '실수'가 아니었다. 정부에서 시끄러운 경보로 서울 시민들의 단잠을 깨우고, 대피소로 가야 하는지에 대한 공포를 일으킨 것은 지난주였다.

오늘은 현충일이라 순국 장병들을 기리기 위한 사이렌이 울렸다. 서구의 많은 나라들에는 한국의 현충일 비슷한 휴일이 있다. '추모의 날'이라고 부를 때도 있는데, 서구에서 망자를 추모하는 방식은 청각적으로 한국과 정반대다―보통은 1분간 침묵한다.

현충일 사이렌은 전국의 평화와 고요함을 제대로 깬다. 하지만 솔직히, '평화와 고요'는 한국과 거리가 멀다.

인생 중 삼분의 일을 여기서 보냈지만, 나는 아직도 한국의 시끄러움에 적응이 안 된다. 어릴 때 들었던 소리는 멀리서 들리는 소의 워낭 소리 말고는 별로 없었다. 어린아이들이 많은 동네였지만, 스위스 사람들은 이웃을 방해하지 않으려고 신경을 많이 쓴다. 정해진 날 정해진 시간에만 잔디를 깎을 수 있고, 우리는 숲속 깊이 들어가서야 소리를 지르며 노는 예의 바른 아이들이었다.

이곳에서 살다 보면 필 스펙터가 1960년대에 만들어낸 기법인 '월 오브 사운드(소리의 벽)'라는 말의 의미가 달라진다(필 스펙터는 나중에 살인을 저지른다). 본래의 월 오브 사운드는 팝 가락에 오케스트라 사운드를 빼곡히 채운 것이다. 그런데 이 오케스트라가 카카오톡 알림, 상점의 가요, 전자기기에서 나오는 말소리, 사방에서 귀를 때리는 안내 방송이 되었을 뿐이다.

고음의 케이팝 발라드가 길거리의 카페 안팎, 식당, 휴대폰 가게에서 귀를 찌른다. 등산객들, 자전거를 타거나 달리기를 하는 사람들은 헤드폰이라는 것이 발명되었는지 모르는 것 같다. 그래서 방방곡곡의 등산로, 자전거길, 산책길에서 주변 사람들에게 트로트 음악을 들려준다. 택시를 타면 라디오에서 시끄럽게 싸우는 소리에 내비게이션 안내 음성이 하나도 아니라 둘씩 겹쳐져 머리가 어지럽다.

동네에는 트럭들이 녹음된 멘트를 크게 틀고 물건을 팔기 위해 돌아다닌다. 해방촌 언덕배기에 살 때는 이 소리 때문에 미치는 줄 알았다. 이마트에서는 곳곳의 블루투스 스피커에서 나오는 판매 멘트들의 소음에 정신이 나가서 뭘 사러 왔는지를 까먹는다(하지만 이와 별개로, 나도 다른 사람들처럼 드라마 〈우리들의 블루스〉에서 이병헌이 연기한 제주도의 상인 역에 매료되었다).

하지만 유럽에서 자란 나에게 가장 불편한 소리는 우리 집에서 나는 소리다. 밥솥, 에어컨, 로봇 청소기가 동작 하나하나를 소리 내어 알려주고, 작동을 안 할 때도 뭔가를 말한다. 아파트도 우리에게 계속 말을 한다. 그래서 일주일에 몇 번씩 작업에 방해를 받는다(우리 부부는 둘 다 집에서 일한다).

그치지 않는 이 바벨탑으로 인해 나는 무한히 방해받

는다. 경미는 예전에는 전혀 신경을 안 썼지만, 내가 소리가 날 때마디 벌컥 성을 내는 일이 잦아지면서, 미안하게도 경미에게 소리에 대한 예민함이 전염된 것 같다. 고요함과 평화에 대한 아쉬움이 없던 사람에게 아쉬움을 심어준 것이다.

한편 한국에도 고요함이 있는 유일한 장소가 있다. 바로 극장이다. 극장에서는 한국과 서구가 정반대다. 유럽의 멀티플렉스는 물론이고 특히 미국에서는 유난히 소리가 많이 난다. 영화에서 나는 소리가 아니다.

관객들이 서로 속삭이며 이야기하고, 신나거나 짜증나는 장면이 있으면 화면에 대고 소리치며, 판매대에서 사 온 간식을 계속 부스럭거리며 먹는다. 나는 대학 때 가던 파넬가의 시네월드에서 내 귀를 거슬리게 한 십대들 무리에 배리 키오건(오스카 후보에 오른, 〈이니셰린의 밴시〉의 배우다)이 있었다고 확신한다.

한국의 영화관의 경우에는, 그 주변은 난리지만 영화관은 천상에 온 것처럼 고요하다. 휴대폰을 쳐다보는 것만 빼면 관객들은 대체로 조용하다. 다른 관객들은 화면에 나오는 영화에 온전히 집중할 수 있다.

개미가 지나가는 소리도 들릴 정도로 조용하기 때문에, 한국 영화 특유의 사운드가 크고 또렷하게 잘 들린다. 예술은 삶을 모방하기에, 한국 영화도 시끄럽지만, 소리들이 독특하게 뒤섞여 몰아쳐 특유의 질감이 생긴다.

한국에 오기 몇 년 전, 홍상수 감독의 〈강원도의 힘〉을 본 덕분에 나는 여름마다 찌르르르 우는 매미들이 한데 모여 나무와 풀숲이 엔진 소리를 내는 것에 대비할 수 있었다.

한국 영화의 사운드는 폭력적인 장면이 나오기 전에 날카롭게 바뀌며 분위기를 잘 전달한다. 걸음만으로도 죽음의 징조가 느껴진다. 김지운 감독 영화의 발자국 소리가 그렇다.

〈달콤한 인생〉에서 매력적인 조폭 이병헌(김선우 역)이 자기가 관리하는(하지만 곧 쫓겨날) 호텔에서 걸어 나올 때, 광 나는 구두가 호텔 바닥에 닿아 또각거린다. 몇 층 내려가면 같은 구두가 깡패들을 발로 찬다. 깡패들이 나가떨어지는 것처럼 그도 나락으로 떨어진다.

내가 한국 영화에서 가장 좋아하는 음향은 〈장화, 홍련〉에서 임수정이 맨발로 걸을 때 마룻바닥이 삐걱거리면서 피가 스며 나오는 소리다. 영화의 결말은 당연히 안 좋다.

가끔 영화감독들은 우리가 제일 좋아하는 소리를 이용해 불편함을 자아낸다. 한국 사회의 시끄러운 소리 중 내가 좋아하는 소리는, 고기 타는 냄새에 뒤섞인, 고깃집에서 사람들이 떠드는 소리와 기름이 지글지글 타는 소리다. 불판에서 지글거리는 소리만 들어도 식욕이 당기지만, 봉준호 감독은 짓궂게도 이 소리와 이미지를 뚝 떼어 내 〈살인의 추억〉에서 사용한다. 좁고 고요한 시체 안치실 속에서 형사들이 창백한 얼굴로 끔찍하게 살해된 젊은 여자의 시신을 보는 장면 바로 다음에 고기를 지글지글 굽는 장면과 소리가 이어진다.

이 거대하고 끊임없이 움직이는 대도시에서, 다음에 살게 될 집에도 산속의 고요와 평화는 없을 것 같다. 하지만 그래도 감사해야 할 것이다. 한국 영화가 가르쳐주었듯, 고요함은 보통 문제가 있다는 신호다.

〈필사의 추적Blow Out〉, 브라이언 드 팔마, 1981.

브라이언 드 팔마 감독은 히치콕과 영화에 대한 사랑을 바탕으로 빈틈없는 미스터리 스릴러 〈필사의 추적〉을 만들었다. 이 영화는 존 트라볼타(잭 테리 역)의 최고 작품 중 하나이기도 하다.

호러영화 녹음을 하는 주인공이 우연히 범죄 현장의 소리를 녹음하게 되고, 얽히고설킨 사건에 휘말린다. 브라이언 드 팔마 감독은 우리가 전에 듣지 않던 방식으로 영화를 듣게 해주며, 영화의 작동 원리를 알려준다. 그는 영화 뒤에 숨은 마법을 보여줌으로써 영화와 다시 사랑에 빠지게 해준다. 영화 사운드가 인상적인 또 다른 영화로는 〈버베리안 스튜디오〉(피터 스트릭랜드, 2012)가 있다. 이 영화는 현대판 잘로 영화로, 1970년대 잘로 영화 후반작업 스튜디오에서 벌어지는 사건을 다룬다. 멋진 작품이다.

영화 속 음주의 역사

영화는 나쁜 것을 매혹적으로 보이게 하는 경향이 있다.

〈원초적 본능〉의 악명 높은 심문 신을 떠올려보자. 샤론 스톤의 입술에서 뿜어져 나오는 담배 연기가 초조한 남자 수사관들로 이미 꽉 찬 방을 채우는 그 장면을 어떻게 잊겠는가? 숀 코너리가 〈007 골드핑거〉에서 마티니를 주문할 때 허스키한 목소리로 "젓지 말고 흔들어서"라고 하는 명대사는 또 어떤가?

영화계에는 술에 관해 유명한 일화들이 있다. 〈아프리카의 여왕〉 현지 촬영 당시 오염된 물로 인해 캐서린 헵

번을 포함한 모두가 이질에 걸렸지만, 물 대신 위스키를 슬기던 험프리 보가트와 존 휴스턴 감독은 병을 피해 갔다. 올리버 리드는 〈글래디에이터〉를 촬영할 때 몰타의 술집에서 술 마시기 게임을 하다 사망했다.

음주를 주제로 한 은막의 명작들도 있다. 빌리 와일더 감독의 아카데미 수상작 〈잃어버린 주말〉에서는 레이 밀런드가 알코올의존증으로 인해 망가지는 작가로 나왔으며, 〈위드네일과 나〉에서 리처드 E. 그랜트는 일거리가 없는 배우가 통제 불능이 되는 모습을 연기했다.

술 마시기 게임은 한국 대학에서 지독하게 인기 있는 친목 도모 수단이다. 뿐만 아니라 내가 아일랜드에서 영화를 공부할 때도 컬트영화에서 유명한 음주 장면들이 나올 때마다 따라 마시는 술 마시기 게임이 인기였다. 〈위대한 레보스키〉를 보던 날엔 화이트 러시안 칵테일이 줄기차게 돌았으며, 〈위드네일과 나〉는 끝판왕이었다. 아무도 전반부를 넘기지 못했는데, 위드네일과 '나'가 쿼드러플 위스키 두 잔을 다 마시고 맥주 1파인트를 더 시키는 데서 모두 나가떨어졌다.

요즘은 대부분 게임의 폭력성이 실제보다 과하지는 않다고 생각하는 것 같다. 하지만 술은 어떤가? 영화를 보며 하는 술 마시기 게임 말고도, 절친과 (찰스 부코스키의 『팩토텀』을 원작으로 한)〈삶의 가장자리〉를 보러 간 일화도 있다. 영화에서는 맷 딜런이 알코올의존증인 작가 찰스 부코스키를 연기한다. 영화 내내 딜런은 위스키에 빠져 살며 이 술집 저 술집을 돌아다닌다.

정확히 기억은 안 나지만 그날 밤, 아니면 그 주나 그 달, 어쨌든 그 즈음에 친구와 나는 '팩토텀의 밤'을 해보기로 했다. 우리는 더블린 북부에서 가장 가까운 술집에 가 위스키 하나를 마시고 다음 술집으로 가는 식으로 해서 얼마나 멀리 갈 수 있을지 보기로 했다. 더블린 남쪽까지 간 다음 새벽에 집에 만취해서 휘청거리며 걸어갔다. 몇 시간 뒤 가르다이(아일랜드에서 경찰을 부르는 말이다)가 찾아와 나를 깨웠고, 친구를 집에 데려다주었다고 알려줬다. 친구는 지금은 운행하지 않는 기찻길에 가보겠다고 벽을 넘으려다 발견되었다.

서구 영화에도 술이 넘치지만, 한국 영화(와 드라마) 역시 좋은 의미에서 술판이다. 한국 미술감독들의 단골 메

뉴(이자 홍상수 감독 영화의 기본 재료)는 당연히 초록색 소주 병이나. 식당과 거실 바닥에 늘어져 있는 소주병은 한국 영화와 드라마의 '상록수' 같은 상징물이다.

어딜 가나 볼 수 있는 소주 광고에서는 상큼한 모습의 케이팝 아이돌이 이 치명적인 액체가 담긴 잔을 들고 있다. 하지만 우리 모두 소주를 마시는 일이 아름답긴 힘들다는 걸 잘 안다. 보통은 힘든 하루의 끝에, 혹은 나쁜 일을 떨쳐내려고 마신다. 첫 잔을 마실 때는 만족감이 퍼지기보단 얼굴을 찡그리거나 크, 소리를 내게 된다.

영화 속 인물이 마시는 술은 사회적 기표가 되기도 한다. 데이비드 린치 감독의 〈블루 벨벳〉에서 데니스 호퍼(프랭크 부스 역)는 카일 맥라클란(제프리 보몬트 역)에게 맥주에 대해 훈계한다. "하이네켄? 웃기네. 팹스트 블루 리본이지"라며 수입 맥주 대신 국산 맥주를 치켜세운다.

얼마 전까지만 해도 한국 영화에는 맥주, 소주, 막걸리만 나왔다. 하지만 요즘은 비싼 와인과 위스키도 점점 흔하게 보인다. 와인과 위스키는 부자들이 마시고, 이들은 보통 악당이다. 드라마 〈빅마우스〉에서 수감된 거물은 바롤로 와인을 마시고, 재벌들은 회원제 고급 바 같은 곳에서 모의를 한다.

소주는 무서울 정도로 저렴하면서 효과적인, 대중의 술이다. 계층을 가리지 않으며, 소주를 마시면 인간미가 넘쳐 보인다. 이야기 속의 부자가 둘인데 하나는 식당의 룸에서 사케를 마시고 하나는 국밥집에서 소주를 들이켠 다면, 누가 착한 쪽인지 답이 나온다.

몇 년 전 한국 영화 속 음주에 대한 영상을 촬영한 적이 있다. 이때 이원석 감독이 게스트로 출연했다. 그가 나와서 했던 말을 잊을 수 없다. 그는 영화 속 음주에 대해 복잡한 감정을 갖고 있었는데, 서사적인 측면에서는 손쉬운 속임수에 가깝다고 했다. 그에 따르면 한국에서 음주는 사회적, 감정적인 의미가 너무 커서, 인물을 표현하기 위해 크게 애를 쓰지 않고도 특성을 잘 나타내주는 지름길이다. 항상 그렇진 않다고 생각하지만, 그가 한 말이 계속 기억에 남는다.

한국 영화에서 가장 상징적인 장면 중 하나는 〈올드보이〉에서 최민식(오대수 역)이 산낙지를 뜯어 먹을 때 산낙지의 다리가 최민식의 얼굴 위에서 꾸물거리는 장면이다. 20년이 지나 드라마 〈카지노〉에서, 필리핀 카지노 사업가로 분한 최민식은 자신이 모시는 회장님에게 돈을 빌려달라고 협박하는 건달들을 찾아가 위스키 한 병을 원샷하며 스스로를 과시한다.

두 장면 모두 인물이 변화하는 중요한 지점이다. 〈올드보이〉의 장면은 주인공의 심리 상태를 독특한 방식으로 각인시키지만, 〈카지노〉의 장면은 뻔한 마초 이미지를 가져왔다. 어떤 것이 더 마음에 드는지는 각자의 취향에 맡기겠다.

나는 소주와 애증의 관계다. 물론 나만 그런 건 아니다. 소주를 마신 다음 날은 상태가 안 좋지만, 삼겹살 굽는 냄새가 코를 찌르면 소주 한 병을 시키게 된다. 한국 영화가 내게 심은 조건반사다. 이제 고기를 먹으러 나가봐야겠다.

〈행오버 스퀘어Hangover Square〉, 존 브람, 1945.

위대한 레어드 크레거는 빈센트 프라이스와 오슨 웰스가 매력적으로 겹쳐진 배우다. 그는 으스스하고 몰입감 넘치는 빅토리아시대 런던 배경의 누아르 영화 〈행오버 스퀘어〉의 주연을 맡았다.

버나드 허먼의 웅장한 음악이 깔리는 이 영화는 한 작곡가가 필름이 끊길 때마다 끔찍한 폭력을 저지르는 이야기다. 영화 역사상 가장 독창적이고 매력적인 영상이라 할 정도로 영상미가 굉장하다.

크레거는 이후 암페타민을 포함해 위험한 식이요법을 이어가, 애석하게도 이 작품이 크레거의 마지막 작품이 되었다. 아이러니하게도 이 때문에 크레거는 정점에서 내려오지 않고 남아 있다. 물론 그 후로 10년은 더 정점에 있었겠지만, 당시 크레거는 불과 31세였다.

공포의 낮과 환희의 밤으로 떠나는
연간 행사

칠흑 같은 밤, 네온 불빛이 이리저리 빛나며 마치 전쟁과도 같은 상황을 비춘다. 여름의 무더위 속에서, 아스팔트 길 위에 늘어선 흔들거리는 플라스틱 테이블 위에 이슬이 땀방울처럼 맺힌 소주병과 맥주잔이 덜그럭거린다.

술판을 벌인 사람들은 부천국제판타스틱영화제 참석자들이다. 이 영화제는 아시아 최대의 장르영화 축제다. 영화감독, 배우, 영화제 프로그래머와 기자까지, 전 세계의 온갖 영화인들이 무더운 7월에 열흘 동안 모여 긴장감 넘치고 특이한 영화들을 보면서, 혈관 건강에는 안 좋은 치킨과 고기를 먹고 밤새 노래방에서 목을 혹사한다.

그러나 부천국제판타스틱영화제가 한국 최대의 영화제는 아니다. 최대 영화제는 부산국제영화제다. 하지만 내 마음속에서 가장 친근하고 소중한 영화제는 부천국제판타스틱영화제다. 나는 열두 번 연속 영화제에 참석했고(그중 한 번은 코로나19로 인해 온라인으로 참석했다. 이것만 아니면 완벽한데, 옥에 티다), 한 번도 지겹다고 생각한 적이 없다.

시작은 2012년 7월, 한국으로 이사한 지 한 달이 되던 때였다. 나는 광명시에 있는 학원의 강사였고, 몇 년 동안 글로만 봤던 부천국제판타스틱영화제가 지하철 몇 정거장만 지나면 될 정도로 가깝다는 것을 알고 기뻤다.

트위치 필름Twitchfilm — 전 세계 영화를 리뷰하는 사이트로, 나도 이곳에 기고한다. 지금은 스크린아나키ScreenAnarchy가 되었다 — 의 아시아 영화를 담당하는 에디터인 제임스 마시가 나에게 영화제에 갈 건지 물어봤다. 당연히 간다고 하자 그는 우리가 공식 참가 자격을 받아 숙박비를 합치고 방을 같이 쓰면 어떻겠냐고 했다.

제임스는 홍콩에 살고, 우리는 전에 만난 적이 없다.

그러다 갑자기 연기 자욱한 모텔방을 열흘 동안 같이 쓰게 된 것이다. 그 후로 우리는—각자의 결혼식을 포함해—여러 곳에서 만났고, 지금도 여름마다 부천에서 냄새나는 방을 같이 쓴다.

당시 영화제에 가게 되어서 신났던 것과는 별개로, 나는 한국에 막 온 참이었고 학원에서 영어 강사로 일하고 있었다. 그래서 영화제 기간에도 일을 했다. 오후 늦게까지 학생들을 가르친 뒤 지하철을 타고 가 저녁 영화를 봤다. 대부분의 시간을 저녁 식사와 행사에서 먹고 마시며, 지금은 나의 소중한 국제 영화제 패밀리가 된 사람들과 인연을 맺게 되었다.

3차 혹은 4차까지 식당이나 노래방에 가고, 해가 뜨기 좀 전에 호텔방에 들어가 몇 시간 뻗어 있다가, 일어나서 샤워하고 아침 수업 시간에 맞춰 뛰어가는 생활이었다. 영화제의 두 번째 금요일까지 이것을 매일 반복하다가, 교실에서 피로로 쓰러졌다.

동료들이 나를 염려해 동네 병원으로 데려갔고, 이후 나는 엉덩이에 스테로이드주사를 맞고 침대에서 수액을 맞으며 누워 있었다. 수액을 다 맞아 간호사가 살며시 깨

위줄 때까지 꿈도 꾸지 않은 채 세상 모르게 잤다.

학원에서는 고맙게도 그날 하루 휴가를 줬다. 집에 가서 옷을 갈아입고 부천으로 달려갔다. 폐막식에 딱 맞춰 도착할 수 있었다. 영화제의 마지막 날 밤, 나는 해가 뜨고 한참 후에야 호텔방에 기어 들어갔다.

그렇다. 너무 무책임한 거 아닌가? 인정한다. 나는 좋은 선생님이 아니었고, 비겁한 변명을 하자면, 그 재미없는 강사 생활은 3개월 만에 접었다. 나만큼이나 아이들도 지루했던 것 같다.

나는 젊고 열정이 넘쳤으며, 부천국제판타스틱영화제는 내 꿈이 이뤄지는 행사였다. 긴긴 저녁 동안 스크린에서 생생한 악몽들이 쏟아졌고, 숨 막히는 긴장감이 계속되었다. 부천국제판타스틱영화제는 내게 첫 장르영화제였고, 이제 장르영화제는 내 주 무대가 되었다.

요즘 나는 텍사스 오스틴에서 열리는 판타스틱페스트에서 프로그램 컨설턴트로 일한다. 카탈루냐의 시체스영화제 또한 나의 천국이다. 온갖 과시하는 사람들로 인해 북적이는 통에 1년 중 2주 동안 지구상에서 가장 그럴싸해 보이며, 입에 많이 오르내리는 지중해 사촌 칸영화제보다 훨씬 낫다.

이런 행사들은 '판타스틱' 영화제라고 불리고(딱 맞는 별명이다), 영화제 풍경만 봐도 왜인지를 쉽게 알 수 있다. 그림이 박힌 검은 티셔츠를 입고 형형색색의 문신을 한 사람들이 힙한 번화가를 돌아다니면, 판타스틱 영화제가 열리고 있는 것이다. 하지만 겁낼 필요는 없다. 거기 있는 사람들은 당신이 만난 사람 중에 가장 좋은 사람들일 것이다. 예상을 깨는 영화를 보고 비슷한 것을 좋아하는 사람들끼리 모이는 것을 즐기기 위해 온 것일 뿐이다. 판타스틱 영화제는 새로운 영화적 모험을 용기 있게 찾아다니는 사람들의 성지다.

부천국제판타스틱영화제가 특별한 이유 중 하나는 그것의 개최지다. 큰 영화제는 문화 중심지에서 열린다. 부산국제영화제는 해운대 해변에서 열리고, 전주국제영화제는 한옥마을 바로 옆에서 한다. 하지만 부천은 대로에 프랜차이즈 식당이 가득한 수도권 도시이며, 한국에서 관광을 하거나 구경하러 갈 만한 도시는 아니다.

지역의 특성이나 특이한 볼거리가 적기에, 한국의 영화인들에게는 부천국제판타스틱영화제가 최고 행사는 아니다. 부천은 서울에서 가까워서 당일로 다녀와도 된다. 그런데 무슨 모험이 있겠는가? 하지만 부천의 평범함이 외국 사람들에게는 신선하게 다가온다. 외국 사람들은 영화제의 기억을 소중히 간직하고 돌아가고, 네온 불빛이 가득한 곳에서 했던 마법 같은 경험에 대해 신나게 떠든다.

부천국제판타스틱영화제에서 상영되는 영화들의 다채로운 색이 극장에서 새어 나와 부천 거리의 네온 불빛과 섞이는 것 같다. 영화를 보고 나온 사람들에게는, 영화의 알쏭달쏭한 이야기, 습한 저녁 날씨에 싼 술과 고기까지 더해지면 세상에 안 되는 게 없을 것 같다. 그야말로 한여름 밤의 판타지다.

〈한여름의 판타지아A Midsummer's Fantasia〉, 장건재, 2014.

따뜻하고 굉장한 영화인 〈잠 못 드는 밤〉 다음에 나온 아름다운 작품으로, 2부로 되어 있다. 이 영화는 일본에서 촬영되었으며, 한국인 감독이 영화 촬영 장소 답사를 하는 내용이다. 그리고 1부에서 준비한 영화 내용이 2부에서 영화가 되어 나온다. 요즘 급증하는 다문화 로맨스에 대한 경쾌한 이야기다.

재밌게도, 나는 몇 년 전 부천국제판타스틱영화제 '코리안 판타스틱' 부문에서 장건재 감독과 함께 심사 위원을 맡았다. 수상작은 〈잔칫날〉이었다. 때로는 세상이 당신에게 뭔가를 말해주는 것 같다.

빅 아이디어,
고립적 스토리텔링에 발목 잡히다

한국 영화는 젊은 시절 내가 꿈을 찾아 짐을 싸서 지구 반 바퀴를 돌게 만든, 신비로운 존재다. 그러나 변화무쌍한 한국 영화의 스토리텔링도 가끔 미묘하게 거슬릴 때가 있다. 이렇게 거슬리는 이유는 일부 스토리텔링의 고립성이다. 이런 고립성의 핵심에 '가족'이 있을 때가 종종 있다.

이런 면이 예전에는 가끔 신경 쓰이고 가려운 정도였다면, 한국 영화 콘텐츠 산업이 세계적으로 성공하고, 야심 찬 비전을 실현해줄 만큼 프로젝트 예산도 늘어나면서 낫지 않는 피부병같이 되어버렸다.

돈이 더 많아지면 할 수 있는 것은 더 크게 가는 것 하나뿐이다. 스펙터클 중심의 판타지, 액션, SF 텐트폴◆ 영화를 만들어야 한다. 때문에 요즘은 계속해서 돈이 흘러들어오면서, 원래 한국 영화가 찬사를 받던 영역인 중저예산 영화, 그러니까 충무로 틀에 딱 들어맞는 드라마, 로맨틱코미디, 복수 스릴러가 줄어들고 있다.

충무로 틀은 내가 즉흥적으로 지어낸 말인데, 이 충무로 틀을 뭐라고 설명해야 할까? 압력밥솥 같은 한국 사회의 시련과 역경을 강렬하고 격정적이며 공감 가는 스토리로 압축해내는 한국 영화산업의 능력이라고 해두자.

한국 TV 드라마, 그리고 인기 많은 막장 드라마도 마찬가지다. 인물 간의 복잡한 관계 속에서 이야기가 끝없이 나온다. 어느 날 가족이 생기고, 뜬금없이 쌍둥이가 나타나고…… 등등등.

막장 스토리는 말도 안 되는 전개와 반전으로 꼬여 있는데, 이런 전개는 스토리 밖으로 계속 확장될 것 같지만

◆ '텐트tent를 세우기 위한 기둥pole'이라는 뜻의 텐트폴은 영화산업에서 유명 배우, 감독, 대형 자본 등의 요소로 흥행이 예상되는 상업영화를 가리킬 때 사용된다.

사실은 한정된 영역을 벗어나지 못한다. 비슷한 스토리가 재탕되며, 인물들이 돌아가며 편을 바꿀 뿐이다. 바로 이것 때문에 우리는 막장 스토리를 좋아한다. 막장 드라마는 삶에 조미료를 좀 치고 과장한 결과물이다.

한국 작가들은 영화, 드라마 가릴 것 없이 수십 년간 이런 틀에서 성공했다. 조폭 이야기로 포장한 가족 코미디('조폭마누라' 시리즈 등)는 셀 수 없이 많고, 시공간을 넘나들며 펼쳐지는 로맨스와 가족 스토리(〈시월애〉 등)도 끝없이 나온다.

예전에도 이런 이야기들에 가끔 판타지가 더해진 경우가 있었지만, 이제 한국 영화와 드라마 산업은 이 틀을 훨씬 큰 스케일에서, 야심 차고 돈이 많이 들어간 SF나 재난 스토리로 펼치려고 한다. 문제는, 걷기도 전에 뛰려고 하는 것이다.

가끔은 드라마 〈오징어게임〉이나 〈부산행〉 같은 작품도 나오지만, 대개의 결과물은 드라마 〈판도라: 조작된 낙원〉이나 〈정이〉같이 혼란스러운 텐트폴 작품이다. 이런 작품들은 큰 세계를 보여주다가 결국 가족으로 넘어간다. 작가들은 여전히 가족 스토리를 쓰는데, 마치 동그

란 구멍에 네모난 물건을 끼워 넣으려는 것 같다. 이렇게 되면 관객들도 좌절한다.

막장 드라마가 인기 시간대에 편성되고 히트를 친 지는 얼마 되지 않았다. 드라마 〈SKY 캐슬〉이 대성공을 거두고, 곧바로 사악하게 재밌는 드라마 〈펜트하우스〉가 나왔다. 하지만 〈펜트하우스〉 제작자들은 국내의 막장 팬들에 해외 장르물 팬들까지 끌어들인다는 계산으로 새로운 작품을 제작했다. 간단하게만 말하면 그 계산은 틀렸다.

이런 계산으로 나온 것이 〈펜트하우스〉의 실패한 SF 버전인 〈판도라: 조작된 낙원〉이다. 주인공은 기억을 잃은 특수 요원으로, 주인공의 남편은 테크 기업 CEO이며 차기 대선후보를 꿈꾼다. 사실 주인공은 고아들을 살인 병기로 만드는 비밀 기관에서 자랐다. 〈니키타〉에서 '영감을 받은' 또 다른 스토리로, 〈악녀〉 같은 것을 시도한 작품이다.

〈판도라: 조작된 낙원〉은 연속극의 연출에 SF 요소를 가미하려 했지만, 제작진들이 SF를 안 좋아한다는 느낌이 든다. 최소한 SF에 대한 이해가 없다는 점은 아주 명확하다.

막장과 SF는 물과 기름 같다. 섞이지 않는다. 언젠가 천재적인 인물이 나와서 내가 틀렸다는 걸 증명할지도 모르겠지만, 그 전까지 이 두 장르는 목적이 다르다. 막장은 우리가 논리의 틀에서 벗어나 감정의 천장과 바닥을 오갈 수 있게 해준다. SF에는 인물을 뛰어넘는 뭔가가 있어야 하며, 나름의 합리성과 논리를 따라가지 않으면 무너진다.

연상호 감독은 〈부산행〉에서는 감정이입과 사회적인 메시지의 완벽한 균형을 찾아냈지만, 넷플릭스 영화 〈정이〉에서는 고전했다. 〈정이〉는 예산을 막대하게 투입했음에도 왜 일반적인 한국 시나리오가 볼거리 중심의 액션 SF에서 적절한 균형을 찾지 못하는지를 잘 보여준다.

정신없는 오프닝 총격 신은 22세기에 인류가 편을 갈라 내전 중이며 거대한 우주 인공 구조물에 살고 있는, 가상의 상황이다. 대립하는 양쪽 중 한쪽은 전설의 용병을 복제한 클론인 '정이'에 의지한다. 이 클론은 연상호 감독의 이전 작인 넷플릭스 드라마 〈지옥〉에서 기억에 남는 연기를 보여준 김현주가 연기했다.

영화의 스토리는 삐걱대지만 시각효과는 인상적이다. 그러나 과도하게 야심 찬 설정 외에는, 몇몇 인물 중심에다가 영화 속에서 그리는 가상 세계를 제대로 보여주지 못한다. 그러다가 그 세계에서 무슨 일이 일어나는지 관심을 잃게 된 한참 후에야 액션이 넘치는 클라이맥스가 나온다.

돈을 많이 쓴 세트장 영화 속에서 우리는 전투 클론의 이야기를 따라가는데, 이 전투 클론은 영화 속에서 과학자로 나오는 강수연의 엄마를 본떠 만들었다. 그리고 그들 위에는 악랄한 기업이 있다. 이에 더해, 영화가 전개되면서 암에 걸린 소녀의 엄마가 딸을 지키기 위해 자신을 위험에 처하게 하는 슬픈 이야기도 나온다.

SF에서도 감정은 잘 먹힌다. 크리스토퍼 놀런 감독의 (한국에서 뜬금없이 흥행한) 〈인터스텔라〉나 코고나다 감독의 〈애프터 양〉을 보라. 이런 영화들은 세계관을 설정하고, 그 안에 가족을 배치해 인물끼리의 끊임없는 상호작용이 조화를 이루게 함으로써 독특한 스토리와 경험을 만들어낸다.

〈정이〉를 비롯해 수많은 한국 SF 스토리들은 세계관

을 제시하고는 가족 이야기로 몰고 가는데, 이야기들의 출발은 새롭지만 흘러가는 경로는 친숙하다. 세계관과 흔한 가족 스토리는 따로 놀며, 세계관은 단지 몇몇 액션 신이나 잘 뽑은 비주얼을 위해서만 존재한다.

업계 전체가 SF 문제를 제대로 풀지 못한 것에 비해 (17년 된 봉준호 감독의 〈괴물〉은 특이 현상이다), 재난은 조금 낫다.

2023년 여름, 엄태화 감독은 〈콘크리트 유토피아〉로 역대 가장 완성도 있으면서도 재밌고 어두운 우화를 내놓았다. 영화에서는 엄청난 지진이 한국을 강타하는데, 곧바로 나오는 뉴스 오프닝에는 한국의 아파트에 대한 집착이 잘 담겨 있다.

지진은 수단일 뿐이다. 서울 어딘가에 건물 한 채가 덩그러니 서 있고, 주민들은 혹독한 추위, 떨어져가는 생필품, '피난민' 이웃들, 그리고 최악으로는 스스로와 맞서 싸워야 한다.

영화에서 그리는 야심, 욕망, 공포는 불편할 정도로 사실적이라서, 우리가 현실에서 겪는 일과 한 끗 차이인 것 같다. 영화는 이 알레고리를 끝까지 잡고 가면서 감성적인 가족 문제에 빠지지 않음으로써 성공했다. 엄태화 감독은 가족 대신 위기에 빠진 공동체에 집중하며, 이 상황이 어떻게 자연스럽게 풀리는지를 담는다. 이병헌(김영탁 역)이 자기도 모르게 '동 대표'가 되어 놀라운 방식으로 그 역할을 수행하는 탁월한 연기도 덤이다. 2023년 여름 박스오피스 경쟁에서 〈콘크리트 유토피아〉는 김용화 감독의 고예산 SF 멜로드라마 〈더 문〉을 눌러, 눈물을 짜내는 '신파'에 또 한 방을 날렸다.

　〈콘크리트 유토피아〉는 한국 사회의 폐쇄성에 경각심을 주는 영화다. 이것이 영화가 잘 작동한 이유인데, 그렇다고 해서 한국 SF 영화들의 결말이 산으로 가는 것에 대한 내 인내심이 버텨줄 수 있을까?

〈가족의 탄생Family Ties〉, 김태용, 2006.

김태용 감독은 평균 8년에 한 번 영화를 내지만, 의심의 여지 없이 한국 영화의 가장 소중한 보물이다. 호러(〈여고괴담 두번째 이야기〉)건 문화 장벽을 극복하는 로맨스(〈만추〉)건, 그의 영화는 자연스러운 관계를 보여주며 관객을 무장해제시킨다. 초반에 씨앗이었던 영화 속 관계는 결말 부분에서 굉장한 결실로 꽃핀다.

그의 영화 중 내가 가장 좋아하는 것은 가장 솔직한 영화인, 세 부분으로 된 가족 드라마 〈가족의 탄생〉이다. 부딪치는 두 가족 구성원들의 이야기를 섬세하게 풀어내며, 끊기 어려운 가족 간의 인연과 영향력을 낱낱이 드러낸다.

이 영화가 다른 가족영화, 심지어 이 영화의 영향을 받은 가족영화들과도 다른 점은 누군가를 탓하는 면이 없다는 것이다. 김태용 감독은 남을 공격하지도 않고, 성찰적이며, 판단력이 좋은데, 영화도 감독의 이런 성격 덕을 본다.

추자현의 얼굴이 들려주는
다윗과 골리앗 이야기

2022년 추석, 가족들이 모였다. 여자들은 부엌에서 일하면서, 술 취한 남자들은 윽박지르면서, 며느리와 시어머니끼리, 가족끼리 하루 종일 격렬한 신경전이나 싸움을 벌인 후, 저녁에는 저마다 방으로 흩어져 장벽을 치고 서로 다른 TV 프로그램을 본다.

이 분열을 이어주는 단 한 가지, 바로 추자현의 얼굴이다.

추자현은 거의 모든 사람이 얼굴은 알지만 이름은 잘 모르는 유형의 배우다. 그는 〈사생결단〉(영화에는 다른 여자들도 나온다. 나도 잘 기억은 못 하지만)에 류승범과 함께하는 마약중독자로 나왔고, 〈미인도〉에서는 기생으로 나왔다. 병풍으로든 주연급으로든 기억에 남는 역할을 맡진 못했지만, 그 덕분에 이번 추석에는 의도치 않게 명절 TV 드라마에서 가장 많이 나오게 되었다.

윤종빈 감독이 감독했고 제작 당시 한국 드라마 사상 최대 제작비가 들어간 〈수리남〉(편당 제작비가 60억 원이라고 한다)에서 추자현은 박혜진 역할을 맡았다. 아마 다들 강인구 역을 맡은 하정우의 잔소리 많은 부인 정도로 기억하지, 혜진이라는 이름을 기억하지는 못할 것이다.

이 대작 드라마에서 제일 그저 그런 역할인 혜진은 우울할 정도로 뻔하다. 인구와 결혼한 그는 야심 많고 수완 좋은 남편에게 빌붙어 열심히 번 돈을 빨아먹는 잔소리꾼이 되었다. 인구는 남자답게 사업을 하기 위해, 혜진을 피해 남아메리카로 한몫을 잡으러 떠난다. 첫 회 다음에는 잘 나오지도 않는다.

〈수리남〉이 넷플릭스에 공개된 바로 그달, tvN에서는 끊임없이 놀라움을 주는 〈작은 아씨들〉이 방영되었다. 영화화되는 소설로는 단골인 루이자 메이 올콧의 『작은 아씨들』(그레타 거윅 감독이 2019년에 영화화해 오스카상 주요

부문 후보에 오르기도 했다)을 각색한 드라마다. 여기에서도 추자현은 첫 회에 비중 있는 주연으로 나오지만, 나머지 회차에서는 거의 안 보인다.

이 드라마에서는 부인 역할이 아니다. 추자현은 조용하고 왕따인 경리이자 회사 14층 난초 관리 담당인 진화영으로 나온다. 그의 유일한 친구는 김고은이 연기하는 오인주로, 아래층 왕따다.

첫 회 엔딩 직전에 가운을 입고 빨간 구두를 신은 채 목매단 화영의 시신이 발견된다. 극적이긴 하지만, 일반적으로 인물이 하차할 때의 패턴은 아니다. 드라마의 남은 전개에서 화영의 역할이 크기 때문이다.

인주는 같은 왕따인 화영에게 유대감이 깊고, 죽은 화영과 인주의 관계는 〈수리남〉에서의 혜진과 인구의 관계보다 훨씬 로맨틱하다. 드라마가 절반 정도 지났을 때, 인주가 화영이 무덤에서 살아 돌아온 듯한 편지를 받는 장면에서는 보는 사람 모두 심장이 멎을 것 같았다. "언제나 궁금했어요. 당신이 꽃을 피우면 얼마나 빛날지."

명절 하루에 같은 배우가 이 두 드라마의 인물들로 나온 것 자체는 우연이었지만, 현재 한국 영화와 드라마 산업에 남성중심의 블록버스터만 있고 새로운 관점에서의 이야기에 목마른 사람들은 소외된다는 문제점에 경종을 울리는 일이다.

『작은 아씨들』 원작은 친숙한 이야기이며, 드라마의 주제인 사회 불평등은 다른 한국 영화에서도 많이 다룬다. 하지만 이 드라마는 신선하고 역동적인 에너지로 탄탄하지만 낡은 스토리를 살려냈으며, 〈수리남〉과 함께 인기몰이를 했다.

〈작은 아씨들〉이 잘된 이유는 많지만, 그중 주요한 이유는 정서경 작가의 명민한 시나리오다. 〈친절한 금자씨〉부터 박찬욱 감독과의 공동집필로 잘 알려진 정서경 작가는 뒤늦게 드라마 데뷔를 했다.

영화감독들은 영화에서 성공해도 드라마에서 고전하는 일이 많지만, 작가들은 감독들과 달리 드라마에서도 성공하는 경우가 많다. 영화계에서는 감독이 왕이지만, 드라마에서는 보통 그렇지 않다. 정서경 작가는 감독이 될 생각을 (아직) 내비친 적은 없지만, TV 드라마를 보면 그럴 필요도 없다. 그의 목소리, 지성, 스토리의 독창성은 이미 또렷하게 눈에 띈다.

〈작은 아씨들〉의 팬이지만 그의 드라마 데뷔작 〈마더〉(동명의 일본 드라마 리메이크)를 안 봤다면, 당장 보는 것이 좋다. 해양생물학자인 이보영(수진 역)이 가정폭력을 당하는 아이를 구해내는 이야기인데, 멜로드라마적 요소를 집어넣어 더 멋진 스토리가 되었다. '막장'의 오르막과 내리막을 능수능란하게 넘나들면서, 여성들의 연대를 훌륭하게 그려냈다.

정서경 작가가 작품에서 그리는 여성들의 연대에는 근본적이고 독특한 특성이 있는데, 특히 TV 드라마에서는 이것이 더 잘 드러난다. 정서경 작가는 여성들의 연대를 설명하기보다는 행동으로 보여주고, 생생한 모티프와 상징에 담는다. 〈작은 아씨들〉속 푸른 난초꽃도 그러한 상징이다.

역시 〈작은 아씨들〉을 각색한 그레타 거윅 감독은 그 다음 여자아이들의 장난감 바비를 매우 새로운 방식으로 영화화했다. 초기 마케팅부터 영화의 클라이맥스까지, 〈바비〉는 여성이 현실에서 비춰지는 모습과 정체성을 전면에 내세웠으며, 이 전략은 대성공이었다. 영화는 한국을 제외하고는 2023년 여름 최고의 흥행작이었다(한국에서는 처참하게 실패했다). 나는 〈바비〉 개봉 때 파리에 있었는데, 개봉일인 수요일 아침 9시 영화관에서 핑크 바지와 상의의 물결을 헤치고서야 자리를 찾아 앉을 수 있었다.

거윅 감독의 〈바비〉는 매력이 많은 영화이지만, 역설적으로 영화의 존재 이유여야 할 여성의 연대가 확실히 가장 매력적이지 않은 요소로 등장한다. 여성의 연대를 설명할 뿐, 관객이 영화의 요소들을 이해할 수 있다고 믿지 않은 듯하다. 바비라는 IP(지식재산권), 참여 회사와 비용을 고려하면, 이것 말고 다른 방식으로 갈 수 있다고 생각하는 것도 이상하다.

한국 드라마도 바비 인형과 아주 흡사하게, 대리 만족을 제공한다. 지겨운 일상과 삶이 내게 주는 불행, 불공평함, 시련에서 벗어날 방법이 있다. 저녁 방송에는 고생하는 주인공이 백마 탄 왕자(재벌 2세)를 만나 옷장을 신상 명품으로 채우는 신데렐라 스토리가 넘친다.

〈작은 아씨들〉의 초반부에서, 인주의 꿈은 훨씬 소박하다. 그는 어릴 때 진짜 케이크로 생일 축하를 받는 것이 소원이었던 것을 기억한다. 진짜 케이크를 살 돈이 없어서 삶은 계란을 담은 접시에 초를 꽂아 생일 축하를 받았다.

인주는 곧 부자들의 세계에 빠져든다. 이 돈은 화영과, 인주가 일하는 회사의 의문의 해결사인 최도일(위하준 분)이 마련해준 독이 든 술잔이다. 드라마의 초반에서 인주는 화영이 비싼 레스토랑에 데려가는 것을 불편해하지만, 화영의 비싼 신발과 명품 재킷을 기꺼이 신어보고 걸쳐보기도 한다.

처음에는 럭셔리 체험으로, 나중에는 몰래 남겨준 돈다발로, 화영은 인주의 물질적, 사회적 지위에 대한 욕망을 일깨운다. 처음에는 동지애의 연장이었지만, 우정의 바탕이 거짓말이었다는 것이 드러나면서 인주의 허기는 좀더 실제적인 것으로 변한다. 근본적으로는 여전히 좋은 사람이지만, 온갖 유혹들로 인해 가족을 돌보기 위해 노력하는 단순한 사람이라는 스스로의 이미지에 대해 다시 생각해보게 만든다. 그는 훨씬 복잡한 사람이 되었으며, 드라마는 이 변화를 긍정적으로 표현한다.

이 점으로 인해 다시 추자현과 〈수리남〉 그리고 〈작은 아씨들〉의 극명한 대비가 떠오른다. 한 드라마에서는 추자현의 성격 때문에 남사가 한국을 떠나고(여자로부터 기빨리는 삶에서 벗어나 인생을 즐기고 성공하는, 퇴행적인 한국 중년 남성 판타지다), 부인은 곧바로 이야기에서 빠진다. 시청자나 남편 모두에게 멀어진 기억이 되어버렸다.

또 다른 드라마에서도 추자현은 사라지지만, 그럼으로써 그의 비중이 더 커진다. 추자현은 부재를 통해 존재하며, 자신의 욕망과 운명을 통제하고 나머지 인물들이 자신의 발자취를 따라오게끔 한다. 한 인물은 과거로 사라지고, 다른 인물은 미래로 뚜벅뚜벅 걸어간다. 어느 것이 〈수리남〉이고 어느 것이 〈작은 아씨들〉인지 맞출 수 있겠는가?

내 한국 영화 사랑에 다시 불을 붙여준
'안티 로맨스'

거의 20년 전, 나는 더블린의 한 영화관에 들어가서 내 주변의 누구도 들어본 적 없는, 이상해 보이는 영화 하나를 보게 되었다. 살면서 극장에서 한 가장 좋은 경험 중 하나였다. 처음부터 끝까지 귀가 입에 걸려 있었고, 웃다 울다 하며, 화면에서 내 눈으로 끊임없이 쏟아지는 창의성에 감탄했다. 영화는 장준환 감독의 〈지구를 지켜라!〉였다.

나는 지금까지도 계속 그때의 느낌을 받으려고 헛된 애를 쓰고 있다.

이원석 감독은 〈남자사용설명서〉로 약 10년 전 데뷔했다. 이 영화는 키치, 화려한 시각적 요소, 감성이 격렬하고 강하게 조합되어 있다. 만약 누군가 용기 있게 이같은 영화를 또 만들었다면, 한국 로맨틱코미디 장르의 르네상스가 왔을 것이다. 하지만 이원석 감독 같은 사람은 또 없고, 그는 자기만의 다채로운 영화 세계를 펼쳐 보이고 있다.

데뷔작에서 보여준 그의 모든 가능성은 세 번째 영화 〈킬링 로맨스〉에서 완성되었다. 어이없는 유머와 노래가 즐겁게 뒤섞여 있고, 통통 튀는 B급 영화 감성이 더해져, 관객을 확 덮쳐 화면으로 잡아끈다.

고백을 하나 하자면, 나는 〈킬링 로맨스〉에서 작은 역할을 제안받아 몇 시간 동안 촬영을 했다〔배역이 너무 작아서 지인들도 영화에 내가 나온 줄 몰랐다고 할 정도다. 이하늬(황여래 역)가 우주를 구하려고 할 때 그의 뒤를 유심히 보면 보일지도 모른다〕. 내가 출연해서 이 영화를 더 좋게 보는 걸까? 그런 것 같진 않다. 영화를 보고 판단할 일이다. 일단 넘어가자.

〈킬링 로맨스〉는 인기가 시들해지고 있는 배우가 폭군

과도 같은 사람과의 결혼에 휘말린 이야기다. 그의 이웃이자 팬이 힘을 합쳐 그를 남편으로부터 해방시키려고 한다. 이렇게 단순한 시놉시스에도 여러 가지 주제 의식을 충분히 담을 수 있다. 몇 개만 들자면 남성중심주의, 관계에서의 학대, 부서진 꿈, 사회에서 꺼리는 오타쿠의 삶 등이 있다.

내가 '오타쿠'라는 말을 주저 없이 쓰는 이유는, 나 스스로 오타쿠라고 생각하기 때문이다. 자조적인 의미가 아니라 자랑스러운 마음에서 하는 말이다. 하지만 〈킬링 로맨스〉를 보면 볼수록—지금까지 여섯 번 봤고, 여섯 번째는 어젯밤 싱어롱◆ 상영으로 봤다—내가 영화 속 공명이 연기하는 서울대 4수생(김범우) 같다는 생각이 더 강해진다.

이원석 감독이 개봉 첫 주 무대인사에서 나를 알아봤을 때—나는 시사회에서 이미 그를 봤고, 그가 나를 알아본 것은 시사회를 포함해 그 주의 세 번째 관람에서였

◆　영화 상영 중 노래를 따라 부르거나 응원 봉을 흔들거나 소리를 지르는 등, 영화관 내에서 자유로운 분위기로 감상할 수 있는 방식이다.

다―그는 놀라는 표정의 이모티콘을 문자로 보냈다. 나는 부심코 '저 이상한 사람 아니에요!'라고 답했다. 영화속 범우가 자신의 우상인 황여래를 만나, 황여래가 집으로 다시 도망쳐 들어갈 때 했던 말이다. 그리고 범우는 실패한 SF 블록버스터 〈낯선자들〉을 100번 넘게 봤다고 덧붙인다. 나는 〈킬링 로맨스〉를 그 정도까지 보진 않았지만, 그럴지도 모른다(블루레이가 나오는지 지켜보자).

국내 평론가들의 반응은 갈렸다. 〈지구를 지켜라!〉와 〈김씨표류기〉 때의 반응과 비슷했다. 이 영화들은 모두 신선하고 과감하며 에너지가 넘치지만, 흥행에서는 완전히 망했고 나중에 컬트 고전이 되었다. 많은 사람이 〈킬링 로맨스〉를 웨스 앤더슨 감독의 한국형 변주라고 평했는데, 미장센이 더해진 코미디는 트위드 수트를 입은 감독(웨스 앤더슨)의 전매특허인 줄 알겠다(오해는 말자. 나는 웨스 앤더슨 감독의 광팬이다).

영화에는 웨스 앤더슨이 떠오르는 요소가 분명히 있다. 하지만 브라이언 드 팔마의 〈천국의 유령〉, 브라이언 풀러의 드라마 〈푸싱 데이지스〉, 스즈키 세이준이나 팀 버튼도 떠오른다. 이렇게 보자면 끝도 없다. 그리고 이렇게 해서는 이 영화가 어떤지, 어떤 느낌을 주는지 설명이 안 된다. 영화에 대한 끔찍한 애정, 시각적 창의성, 노골적으로 드러나는 진정성, 관습에 구애받지 않는 태도까지, 이 영화는 순수하고 강렬한 영화적 자극을 준다. SS 라자몰리 감독의 영화 세계와 비슷하다. 〈RRR: 라이즈 로어 리볼트〉만큼 중독성 있는데, 더 초기 작품인 〈나는 파리다〉와 좀 더 닮아 있다.

주연은 이하늬, 이선균, 공명으로, 셋 다 개성이 뚜렷한 연기를 보여준다. 황여래 역할에 자신을 내던진 이하늬는 연기에서 웃음과 공감을 동시에 불러일으킨다. 밝고 눈이 큰 공명이 연기한 범우가 여래를 진심으로 좋아하는 마음은 우리도 '여래이즘'에 빠지게 한다. 이선균은 '조나단 나'라는 우스꽝스러운 악역으로 나오는데, 이 콧수염 마초는 컬러풀한 영화 속 장면을 휘젓고 다닌다. 영어를 섞어 쓰는 그의 말투와 억양에 나는 묘하게 빠져든다.

조나단 나는 "잇츠 굿!"이라고 계속 말한다. 아니, 조나단, 이 영화는 '베리' 굿이다.

한국 영화는 지난 20년 동안 계속 정점을 찍고 그것을 넘어서기를 반복했다. 하지만 하고 싶은 것을 자유롭게 할 수 있는 몇몇 감독을 빼면, 영화계에서는 독특하고 새로운 피가 말라가고 있었다. 〈킬링 로맨스〉는 영화 자체가 독특한 것과 별개로, 요즘 한국 상업영화가 머물러 있는 안전지대에서는 나올 수 없는 영화라서 더 특별하다.

이원석 감독은 자기 영화를 '안티 로맨스'라고 했지만, 사실 한국 영화에 대한 로맨스를 죽인 것은 한국 영화계다. 〈킬링 로맨스〉는 미래에 대한 작은 희망이다. 하지만 급속도로 컬트영화 반열에 오른 것을 보면―개봉 열흘 만에 컬트영화가 되었지만, 손익분기점은 못 넘었다―한국 영화가 얼마나 정체 상태인지를 알 수 있다.

〈킬링 로맨스〉같이 특별한 느낌을 주는 영화가 또 나오는 데 20년씩 걸리지 않으면 좋겠다. 그리고 이런 영화가 또 나오기 전까지 〈킬링 로맨스〉에 대한 숭배가 더 멀리, 널리 퍼지면 좋겠다. 그리고 영화 속 그 노래가 머릿속에서 그만 맴돌면 좋겠다. 지기지기지기지기지기지기지기지기지징~ 빰빰빰…….♦

♦   영화 클라이맥스에 나오는 여래이즘(레이니즘 개사곡)의 노래방 전주다.

사고실험—한국 미디어의 세계 진출 이후

한국 문화산업이 걸어온 길을 보면 놀랍다. 하지만 우리는 여기서 얼마나 더 나아갈 것인지를 더 궁금해한다.

그래서 K-콘텐츠의 주요한 이정표를 적어보고, 앞으로 몇 년간 어떻게 될지 시나리오를 그려봤다.

지금까지 걸어온 길

1995

이미경 부회장의 지시로, CJ가 신생 할리우드 스튜디

오인 드림웍스 SKG에 3억 달러를 투자했다.

〈사랑이 뭐길래〉가 중국 드라마 인기 순위 2위에 올랐다.

중국 매체에서 사용됨으로써 '한류'라는 말이 탄생했다.

〈겨울연가〉가 일본 방송국 NHK를 통해 방송되어 센세이션을 일으켰다. 한국 드라마 관광 붐이 일었다.

영화 평론가 출신 박찬욱 감독이 복수를 주제로 한 〈올드보이〉로 칸영화제에서 2위 상인 그랑프리를 받았다. 심사위원장이자 아시아 영화광인 쿠엔틴 타란티노 감독은 황금종려상을 주고 싶어 했으나 다른 심사위원들과의 논쟁에서 졌다. 하지만 괜찮다. 곧 한국의 날이 올 것이기에.

2013

드라마 〈별에서 온 그대〉가 방영 10주 만에 중국 스트리밍 서비스 아이치이iQIYI에서 145억 회 재생되었다.

2016

〈부산행〉이 칸영화제에서 심야 상영을 했고, 이후 K-좀비 열풍을 일으켰다. 전 세계 박스오피스 1억 달러를 기록했다. 인스타그램에서는 KTX 승객들이 '#부산행' 태그를 달며 공포에 질린 듯한 포스팅을 하는 것이 유행이었다.

2019

한국의 날이 왔다. 봉준호 감독이 〈기생충〉으로 칸영화제 황금종려상을 받았다. 영화는 전 세계에서 2억 6천만 달러의 흥행수입을 기록했다.

2020

〈기생충〉이 아카데미시상식에서 외국어 영화 최초로 작품상을 받으며 역사를 다시 썼다. 이 상은 아카데미시상식의 주요 상 4개 중 하나다. 시상식 중 봉준호 감독의 통역을 맡았던 샤론 최에 대한 위키피디아 페이지가 생겼다.

2021

〈오징어게임〉이 넷플릭스 역사상 가장 성공적인 드라마로 기록되었다. 2021년 전 세계 대중문화에서 가장 이슈가 된 드라마이기도 하다.

무대 뒤에서는 CJ ENM, JTBC, 카카오 같은 미디어 대기업이 막대한 자본을 대고 있다. 이들은 제작사를 인수해 국내 콘텐츠 산업을 강화하는 가운데, 할리우드로 눈을 돌려, 그 동네 최대의 에이전시인 WME와 CAA의 프로덕션 부문이었던 제작사들에 투자하고 있다.

어디로 가는가?

2024

한국 문화가 세계를 빠르게 장악한다. 2023년 할리우드 파업이 이어지면서 미국 영화 콘텐츠 산업이 분열되고, 한국 드라마가 그 틈을 차지한다. 넷플릭스의 주간 탑 10 시리즈 중 8개가 한국 드라마다.

2025

〈이상한 변호사 우영우〉 시즌 2로 전 세계 인터넷이 열세 시간 동안 마비된다. 이 때문에 대부분의 나라가 경기 회복으로 들어서던 중 다시 침체를 맞게 된다. 전 세계에 다시 어둠이 찾아오지만, 상관없다. 인터넷이 다시 연결되면 한국 드라마를 보면 되니까.

한국, 터키, 베트남 영화관 순위 1위인 CJ CGV가 유럽 영화관 체인 뷰Vue와 시네마크Cinemark를 인수한다. 45개국 1만 3천 개 상영관으로 세계 최대의 영화 체인이 된다.

2026

이정재가 아카데미시상식 남우주연상을 받은 최초의 한국 배우가 된다. 이정재는 김정일의 일대기를 그린 〈독재자의 꿈〉에서 김정일 역을 맡았다. 북에 납치된 신상옥 감독과 배우 최은희 부부를 연기한 송강호와 김희애는 각각 남우조연상과 여우조연상 후보에 오른다.

수상 직후, 이정재는 20년 만에 다시 맥심 커피 모델이 된다. 한국에서 20개들이 한 상자에 3,500원인 맥심은 미국 해안 도시들에서 50달러에 팔린다.

2027

기대작인 BTS 전기물 〈Beyond the Stars〉에 하이브의 새 보이 그룹 7INK('징크'라고 발음한다) 멤버들이 출연한다. 이 영화는 개봉 첫 주 흥행 신기록을 달성하고, 첫 5일간 전 세계에서 10억 달러의 관람료 수입을 기록한다.

초기 흥행과 최악의 평가 덕분에 〈Beyond the Stars〉는 박스오피스 사상 초기 흥행수입 비중이 가장 높은 영화가 된다. 최종 수입은 13억 달러다. 투자사이자 배급사

인 CJ ENM은 영화 상영과 대부분을 소유하기에, 기분
좋게 돈을 챙긴다.

2028

맥심 커피를 만든 동서식품이 창사 60주년을 맞아 뉴
욕 증권 거래소에 상장한다.

이정재와 정우성이 설립한 매니지먼트 에이전시 아티
스트 컴퍼니는 프리IPO 단계에서 동서식품에 인수되고,
인수 자금으로 선셋 불러바드에 6층 건물을 임대해 글로
벌 프로덕션으로 확장한다. 티모시 샬라메와 브래드 피
트가 미국 매니지먼트 첫 고객이다.

이들의 첫 할리우드 작품은 『돈키호테』를 각색한 내용
이다. 이정재는 칭호만 기사인 돈키호테로 나오고, 샬라
메가 충실한 시종인 산초 판사로 나온다.

2029

전 세계에서 가장 많이 쓰는 언어 순위에서 한국어가
힌디어를 넘어선다. 한국어 화자의 85퍼센트가 외국어
화자다. 이 중 94퍼센트는 한국 드라마 때문에 한국어를

배우게 되었다고 한다.

카카오는 2027년 삼성과의 합병 이후 알파벳(구글)과 애플의 시총을 넘어 세계 최대의 테크 기업이 되었으며, CJ ENM과 JTBC는 서서히 할리우드를 양분해간다. 이 일은 이제 한국 미디어 대기업 간의 자존심 싸움 이상의 의미가 없다. 이제 아무도 미국 영화를 보지 않기 때문이다.

2030

새로운 병균이 남유럽의 실험실에서 유출된다. 세계는 코로나19에서 배운 게 없다. 이 병균은 훨씬 위험하고 전파력도 강해, 전 세계 인구의 87퍼센트가 전멸한다. 사회가 무너지고, 기술이 몰락하고, 지식은 사라진다.

인류는 어둠으로 퇴보해, 말랑말랑한 한국 멜로드라마의 따뜻한 기억만 남는다. 잊힌 한국 드라마나 영화 이야기의 조각들이 수렵채집을 하는 인류에서 구전으로 이어지며, 다음 세대 인류의 전설과 민담이 된다.

 * 나는 위 이야기가 실현될 것이라고 믿지 않는다. 하

지만 가끔은 현실이 허구보다 더 허구 같다. 이 장의 초고에서는 〈범죄도시〉가 대형 프랜차이즈가 되어 시리즈가 계속 나오고 흥행한다는 내용이 있었다. 이것이 현실이 되면서, 그 부분은 잘라내야 했다. 이 중 현실이 되는 것이 또 있을까? 궁금하다.

〈폭주기관차Runaway Train〉, 안드레이 콘찰롭스키, 1985.

구로사와 아키라가 집필했지만 영화화되진 않은 시나리오에 바탕을 둔 영화이며, 전설적인 B급 영화 스튜디오 캐넌 그룹(우스꽝스러운 뮤지컬 디스토피아 SF 영화 〈애플The Apple〉을 본다면 후회는 없을 것이다)에서 제작했다. 〈폭주기관차〉는 영화사에서 가장 스릴 넘치는 액션영화 중 하나다.

이 영화는 남자들의 우정과 자유에 대한 갈망을 흥미진진하게 풀어낸다. 두 남자가 멈출 수 없는 기차를 타고 돌진하면서 긴장감 넘치는 탈옥이 숨막히는 질주로 바뀐다. 큰 화면에서 보면 좋은 영화다.

옮긴이의 말

보통 번역 과정에서는 저자와 이야기할 일이 잘 없고, 있어도 한두 번이다. 말하자면 주어진 글을 쭉 번역해가는 단면적인 작업이다. 그러나 이 책의 작업은 달랐다. 집필 과정에서 번역이 함께 진행되었고, 중간중간 궁금한 것이 있을 때마다 저자에게 물어보며 번역했다. 그리고 그 과정에서 표현에 대해 서로 의논하며, 영어로 표현되지 않아서 우리말로도 번역되지 못했을 단어나 상황도 번역에 담을 수 있었다. 이런 작업은 전에도 안 해봤지만, 앞으로도 못할 소중한 경험이라고 생각한다.

피어스도, 나도, 독자 모두도 우연이 얽혀 지금의 삶이 된 것처럼, 이 책도 정해진 길을 따라 완성된 것이 아니라 우연이 작용해 나오게 되었다. 피어스와는 출판사 미팅에서 한 번 만났고, 얼마 후 양꼬치를 같이 먹으면서 이야기했다. 생판 모르는 사람끼리의 만남이었지만 어색하지 않았다. 서로의 일 이야기부터 그때 화제였던 드라마들, 살아온 과정 등 다양한 이야기를 했고, 이후 받은 원고에 그날의 화두였던 내용들이 포함되어 있을 때면 양꼬치 생각이 나기도 했다. 이런 모든 일들이 책의 내용에 어떤 식으로든 작용했을 것이라는 생각이 들어 더 의미 있었다(좋은 쪽으로 작용했길 바란다).

이 책을 번역할 때는 평소보다 시간이 더 걸리기도 했다. 읽어보면 알겠지만 평론가나 영화광이 아닌 이상 책에서 언급된 영화를 이미 다 본 사람이 있을 것 같진 않다. 이런저런 제약으로 책에 나오는 모든 영화를 보진 못했지만, 작업을 하면서 영화도 더 보게 되고, 전체를 다 보진 못해도 책에서 소개한 명장면을 찾아보게 되어서 좋았다. 이번 작업이 끝나고 나는 책에 소개된 영화들을 모두 한 번씩 보는 것을 버킷리스트로 추가했다.

번역을 하면서 피어스의 진솔함, 영화에 대한 마음, 가족에 대한 깊은 애정을 많이 느낄 수 있었다. 독자들에게도 이것이 느껴질 만큼 잘 번역되었기를 바란다.

2023년 12월

김민영

추천의 말

한국 사람과 악수할 때 잘도 굽신굽신하지만 알고 보면 아일랜드 사람 필수 씨는 누가 정해준 기준을 따르는 고분고분한 사람이 아니다. 누가 뭐래도 나름대로 자기 하고 싶은 일을 하며 사는 필수 씨는, 무슨 일을 필수적으로 해야 한다고 강요당하면 몹시 곤란해할 사람이다. 그래서 '필수는 곤란'하다는 것이다. 바로 그래서 우리 한국인이 필수 씨 말을 경청해야 하는 것이다.

박찬욱 영화감독

피어스에게 책을 쓰라고 부추긴 사람은 나다. 무슨 깊은 뜻이 있어서 부추긴 것은 아니고 이 사람이 출판 제안을 받고 반년 동안 결정을 못 한 채 괴로워만 하고 있어서 그냥 부추겼다. 하지만 그렇게 부추겨놓고 막상 별 기대는 안 했던 것 같다.

피어스는 출판 결정을 하고 일 년 반을 더 괴로워했다. 그러다가도 마음에 드는 글을 쓴 날에는 삼겹살을 먹자며 춤을 췄고, 글이 잘 안 풀린 날에는 자면서도 얼굴을 찡그렸다. 피어스의 모든 여행 계획에는 늘 '책 쓰기'가 영원한 방학 숙제처럼 껴 있었다. 시부모님을 뵈러 아일랜드에 갈 때도, 3년 만에 홍콩에 사는 친구를 만나러 갈 때도, 결혼 5주년 기념으로 태국 여행을 갈 때도, 파리에서 한 달 살이를 할 때도. 맛집을 다니고, 바다 수영을 하고, 낯선 도시의 골목을 탐방하고 다양한 와인과 위스키를 체험하는 계획과 함께 '아일랜드 가서 책 쓰기' '홍콩 가서 책 쓰기' '태국 가서 책 쓰기' '파리 가서 책 쓰기'를 마치 혹부리 영감의 혹처럼 늘 달고 다녔다.

피어스는 평소에 pun(말놀이)을 즐긴다. 이 책을 쓰면서도 분명히 pun을 애용했을 텐데 번역을 거치는 과정에서 일일이 다 살릴 수는 없었을 것이다. 나는 이 점이 낯선 나라에서 다른 언어로 살아가는 피어스의 인생과 닮았다는 생각을 가끔 한다.

피어스가 마침내 책을 완성해서 정말 기쁘다.

그리고 이 책을 통해서 피어스의 새로운 모험이 시작됐으면 좋겠다.

아 그리고, 별 기대 없이 책을 읽었다가 무척 재미있어서 정말 깜짝 놀랐다는 얘기는 차마 내 입으로 말 못 하겠다. 누가 내 말을 믿겠는가. 팔불출 아내의 소감으로밖에 안 보일 텐데.

내 마음이야 객관적으로다가 100퍼센트 진심이지만!

이경미 영화감독

〈**카라바조 고양이** Caravaggio Cats〉

여름 땡볕을 피하고 있는, 새벽의 황갈색 공포.

Our tawny terrors of the dawn during a brief break from the summer sun.

⟨**종로의 밤** Jongro Nights⟩

서울 한복판의 밤. 그날의 가을빛 덕분에 간판, 냄새, 고기 굽는 소리가 더욱 좋았다.

The day's autumn colours make way for signs, smells and sizzles of the night in Central Seoul.

〈**격납고의 동면** Hibernating Hangar〉

아버지는 자동차, 시계, 기타 등등 동력 부품이 있는 모든 것을 고친다.
또한 하늘도 정복한다—겨울은 예외다.

My father fixes cars, watches and anything with moving parts.
He also conquers the skies — just not in winter.

〈**쿨살라의 문** Gates of Coolsallagh〉

웩스퍼드에서의 새해 첫날. 어떤 모험이 기다리고 있을까?
New Year's Day in Wexford. What adventures await us?